「見事だよ、ブラン」
直後。上位氷魔法《コキュートス》は、
ジークの一閃により跡形もなく消し飛んだ。

魔王ジーク
圧倒的な力とカリスマで魔物を率いた最強の魔王。伝説の勇者ミアと死闘を繰り広げ、五百年の眠りについた。
アイリス
魔王ジークの第一の忠臣にして、魔王ジークさま大ちゅきな淫魔。

ブラン
白竜傭兵盗賊団の首領として恐怖を
集める少女。その魔力は圧倒的。
アル
心優しき底辺冒険者。クズ勇者に嵌め
られ呪いの剣を引き抜いてしまい、魔王
ジークの全ての力と記憶を継承、「転生
者ジーク」として覚醒する。
ユウナ
アルの同僚の冒険者。戦闘力は
低いが、回復魔法が得意。

口絵・本文イラスト　アジシオ

目次

第？章　魔王の旅は続く

「このコンビネーションを躱しただと⁉　ありえねぇ！」

「まだまだ！　次はこいつだ！　いくぞ魔王！」

と、聞こえてくるのは冒険者二人の声だ。

時は正午。

場所はルコッテの街から離れた平原。

現在、魔王ジークは冒険者達から、攻撃を受けていた。

などなど、考えている間にも、彼等の斬撃は続く。

「くらえ、剣豪千人斬りを経て覚えた我が奥義！　剣技《地獄疾風突き》！」

「あの剣帝から譲り受けた絶技を受けてみろ！　剣技《無限五月雨斬り》！」

と、そんな言葉と同時に繰り出される冒険者達の攻撃。

しかし。

その全てがジークの僅か手前で、綺麗に逸れていく。

まるで不可視のバリアに斬撃をずらされているかのように。

「また躱されただと⁉」

「くそ！　なんなんだこいつは！」

と、言ってくるのは悔し気な冒険者達だ。

ジークはそんな彼等へと言う。

「さっきから勘違いしているみたいだが、俺は別に攻撃を躱してはいない」

「なんだと⁉　それはいったいどういうことだ！」

「そうだそうだ！　てめぇは俺達の攻撃に、当たってないじゃねぇか‼」

どういうことも何も、見たままだ。

すなわち。

「お前達の攻撃が、俺に何一つ届いていないだけだ——要するに、お前達じゃ攻撃力不足……その程度じゃ俺の障壁は崩せない」

「「〜〜〜〜〜〜〜〜っ！」」

と、二人同時に顔を真っ赤にする冒険者達。

彼等は怒り心頭といった様子の声色で、控えていた他の三人へと言う。

「おいおまえらの番だ！　もう俺達に先手を譲るとか、そんなことは気にしなくていい！」

「初手から最強の魔法で片付けちまえ！　それまでは俺達が守ってやるからよ！」

直後、控えていた三人が前の方へとやってくる。

こちらは、先の二人と異なり帽子にローブといった服装――いわゆるザ・魔法使いな服装だ。

彼等は一度ジークの方を見て来たのち、お互いに顔を見合わせる。

そして、彼等は三人同時に、魔力の宿った言葉を発し始める。

「「「『原初より生まれし火の王。原初を統べし火の王。始まりたる根源の火の王よ――！』」」」

彼等は三人の魔力を集め、三人で同時に詠唱。

それにより、本来一人では放つことの出来ない上位魔法を、放とうとしているに違いない。

なお詠唱というのは、魔法ごとに決まったものがあるわけではない。

それ故、詠唱でどんな魔法が来るか判断するのは不可能。

（さて、どんな魔法が来るか楽しみだな。少し見ていてやるか……）

そんなことを考えている間にも、三人の詠唱はまだ続く。

十秒、二十秒と、どんどん続く……終わる気配が見えない。

よほど難しい魔力の練り上げ方をしているに違いない。

「おいおいどうした⁉　あいつらの魔法の詠唱だけでビビったか？　まぁ無理もねぇよ——なんせあいつらは、三賢帝と呼ばれる魔法のプロフェッショナル……殺しのプロだ」

「三賢帝は強すぎる力のせいで、国からも恐れられているからなぁ！　くくっ、止めるならいまだぜ⁉　まぁ、止めさせないように俺達がいるわけだが」

と、言ってくるのは先に斬りかかってきた二人だ。

ジークはそんな彼等へと、苦笑しながら言う。

「これまでこの時代の人間は期待外れだったからな。俺としても『人間はまだまだやれるんだ』っていうところを見せてもらいたい」

「あぁ⁉」

「つまりどういうことだこら！」

ジークが言いたいことは、実に簡単だ。

つまりと、ジークは両手を広げながら、二人へと言う。

「少しは俺に危機感を抱かせる攻撃をしてみろ。お前達の奥の手なんだろ？　まぁ……もちろん、それに応じた攻撃をぶつけさせてもらうけどな」

「言いやがったな――こいつどこまでもムカつくぜ！　あの三人はかつて、一撃で村を吹き飛ばしたこともあるんだぞ！」

「ははっ！　言っている間にも、あいつらの詠唱が終わったみたいだな――終わったよ、てめぇの命も……はは、ご愁傷さま」

と、言ってくる冒険者二人。

彼等の言う通り、魔法使いたちはジークの方へ手を翳している。

そして、魔法使いたち――三賢帝は露骨なドヤ顔で、ジークへと言ってくる。

「話は聞いていた！　我等を随分とバカにしてくれたようだな！」

「さすがは邪悪なる魔王！　しかし、これ以上貴様がその口を開くことはない！」

「そうだ！　貴様は我等の最強魔法によって滅びることになるのだから！」

最強魔法とは実に楽しみだ。

ここまで言うからには、ジークのことをさぞ満足させてくれる魔法に違いない。

と、ジークがそう考えたまさにその時、ついに三賢帝が動く。

彼等の周り――特に手の辺りに渦巻く魔力。それはやがて火の粉となり、徐々に融合していく。

そして、みるみる火は膨れ上がり、最終的に人を飲みこむほどの大きさになる。

いよいよ完全に準備が整ったに違いない——三賢帝はジークへと言葉を紡いでくる。

「「「くらえ！　我ら三賢帝が放つ最強の魔法！　百の魔物すら一撃で倒す至高の力！　上位炎魔法《エクス・ファイア》！」」」

「バカな！　上位魔法《エクス・ファイア》だと⁉」

と、ジークは思わず声が出てしまう。

するとそんなジークへ、三賢帝は言ってくる。

「今更驚いてももう遅いぞ魔王！」

「手遅れだ！　この距離では躱すことも防御することもできないだろう！」

「文字通り、我ら全ての魔力を注ぎ込んだ魔法！　跡形もなく消えるがいい！」

そんな三賢帝の言葉とともに、ジークへと飛んでくるそれなりに大きな火球。

さすがのジークも、これには驚愕せざるをえない。

正直、彼等の魔法はジークの想定を遥かに上回っていた。

そうこうしている間にも、彼等の火球はどんどんジークへと近づいて来る。

（っ……仕方ない！　俺が持っているなかで、あいつらと同程度の攻撃はこれしかない！）

と、ジークはそれを実行に移す――すると。

巻き起こったのは周囲を揺らすほどの暴風。

あらゆるものをかき消す風だ。

「「「バカな⁉」」」

と、今度驚きの声を出すのは、三賢帝の方だ。

彼等はそれぞれ、ジークへ続けて言ってくる。

「村を焼き、百の魔物を一撃で屠る我等の上位炎魔法《エクス・ファイア》を打ち消しただと⁉」

「まさか今のは上位風魔法《エクス・ウインド》か⁉　本来複数人でしか使えない上位魔法を、たった一人で使うなどありえん！」

「そ、そうだ！　それに風魔法で炎魔法をかき消すこと自体がありえん！　風魔法は炎魔法に弱い――通常なら、我等の魔法の威力を上げるだけになるはずだ！」

その後も「あーだこーだ」と、口論している三賢帝。

終いには、彼等は「誰かが魔力の構成を間違えた！」だの、内部分裂し始める。

正直うんざりだ——故に、ジークはそうそうにネタバレする。

「おい、お前たち。何か勘違いしているようだが、今のは上位風魔法《エクス・ウインド》ではない」

そして、《エクス・ファイア》をかき消したのは、彼等が言っている魔法の下位互換——下位風魔法《ウインド》ですらない。

ジークは彼等にもわかりやすいように、なるべくゆっくりシンプルに言う。

「今のはただ単に、腕を少し強めに振って、風をおこしただけだ」

「「「…………」」」

と、何の反応もない三人。

ジークはそんな彼等へと言葉を続ける。

「まさかあれだけ詠唱したあげく、三人がかりであの程度の上位魔法しか使えないとはな。まったく……どう手加減するか迷ったよ」

「「「…………」」」

と、未だ反応のない三人――どうやらジークの言葉が難しかったに違いない。

けれど、ジークとしても、いつまでもこの冒険者達に付き合っている暇はない。

「まぁ、お前たちは俺の期待に全く沿えなかったわけだが、最後に努力賞として本物を見せてやる――ただし、俺が使うのはただの下位魔法だ。その点勘違いしないように」

と、ジークは冒険者達に手を翳し、魔法を発動させる。

「下位闇魔法《アビス》！」

「な、なんだこれ⁉　足元に黒い沼が……っ、引きずりこまれる！」

「下位魔法で我等五人を巻き込むだと⁉　我等の上位魔法の威力を完全に超えている！」

「しかも詠唱破棄してるじゃねぇか！　どうするんだよ、これ！　てめぇら魔法のプロだろ！　おいこら！　なんとかし――」

と、冒険者達の言い争いは突如として中断される。

理由は簡単――彼等五人はジークが作り出した深淵の沼に、飲みこまれてしまったのだ。

「そこからは永遠に出られない。仲良く五人で挑んできたお前達に、俺からのせめてもの配慮だ――せいぜい仲良くするんだな……生きていられればの話だが」

ようするに、ジークの完全勝利であった。

時は戦いが終わってすぐ。

場所は変わらずルコッテから少し離れた平原。

（この時代の人間はやはり弱い。冒険者もなにもかも、本当に弱い。さっき俺が使った下位闇魔法《アビス》なんて、全力で手加減したにもかかわらず、あの驚きようだからな）

あの程度のレベルでも、この時代では最強クラスというのだから呆れる。

まぁ、この時代は魔物も軒並み知能と戦闘能力が低下している。

そのため、人間の戦闘能力が下がっても、仕方がないといえば仕方ないのだが……。

現在、ジークは心の中でもリアルでも、ため息を吐いていた。

弱いだけならまだいい。

だが、この時代の冒険者はかつてに比べると、性格もかなり歪んでいるのだ。

もっとも、上に立つ勇者がアレだから仕方ないともいえるが。

（さっきの冒険者たちもまさにその典型だ。まぁもっと酷いのも居るには居るが）

酷い奴だと、連れの女から狙って来たり、洗脳した人を餌に使って来たりと様々だ。

と、ジークがうんうん頷いていたその時。

「魔王様、お疲れ様です！」

「ジークくん、大丈夫⁉　怪我してない⁉」

言って、駆け寄って来るのは、二人の少女だ。

前者はピンク髪をツーサイドに分け、わがままな肉体を黒基調の露出過多な衣装で覆った少女——角と羽、先端ハートな尻尾を完備している悪魔娘こと、サキュバスのアイリス。

後者は茶の髪をうさ耳リボンでポニーテールにし、赤と白を基調とした女性冒険者ライクな可愛らしい軽鎧を纏った少女——元冒険者兼勇者見習いこと、人間のユウナ。

前者のアイリスはジークへと更に続けて言ってくる。

「いや～！　それにしてもさすがですね、魔王様！　冒険者達の魔法にひるまず、最小の労力で最大の効果を生み出す的確かつ迅速な対応！　そして、締めの《アビス》での一掃も、ゴミを残さないという点で、見事の一言——このアイリス、感服しました！」

「見て分かったと思うが……前者にかんしては俺、ただ腕を振っただけなんだが。というか、そんな褒められる戦いはしていないよな？」

「何言ってるんですか魔王様⁉　腕を振っただけであの威力の風を巻き起こす時点で、もはや至高のレベルですよ！　もう！　本当はわかってるくせにぃ～！　それとも、そうやってわかってないふりして、私に褒めて貰う作戦ですか？　このこのぉ～！」

と、アイリスは胸を押し付ける様にしながら、ジークの腕へと抱き着いて来る。

さて、一方のユウナはというと。

「むぅ～～～～～～～～～～～～～～～～～～～～～～～～～～～～～～っ！」

と、何故か頬を膨らませている。

そんなユウナはアイリスとは反対の腕に抱き着いてくると、ジークへと言ってくる。

「えとその、ジークくん！　さっきの戦いとってもすごかったね！　なんだか、ジークくんがなにかしたら、どうしてか敵の魔法が消えたり！　あと、最後の魔法もすごかったよ！」

「あはははは！　ユウナってば、魔王様がしたことよくわかってないなら、無理して褒めなくてもいいじゃないですか！」

と、ジークより早く言葉を返すのはアイリスだ。

彼女はユウナの方をニヤニヤ見ながら、ジークへと言ってくる。

「魔王様は私に的確に褒められた方が幸せですよね！　それに……んっ、私の方が胸だってあるし……あはっ♪　まっお～さまぁ～、どうですか、気持ちいいですか？」

「いや、俺は別にユウナとアイリス、どっちに褒められても同じくらいうれし――」

「え～！　ハッキリしてくださいよぉ！」

ニコニコといつも通り、笑顔を絶やさないアイリス。

ジークがそんな彼女を見て、「あぁ、今日も平和だな」と考えていると。

「で、でも！　あたしにしかわからない、ジークくんのいいところだってあるよ！」

ぷんぷんっといった表情で言ってくるユウナ。

彼女はアイリスに対抗するかのように、ジークへと言ってくる。

「だってジークくん。あの人達と戦ったのって、そもそもあの人達が子供を虐めてたからだもんね？　子供たちを助けようとしたんだよね？」

「うぐっ」

「あたしにはわかるよ！　ジークくんは弱い人を放っておけない人……理由がなければ力を振るわない……そんな優しい人だって」

パァ～っと、輝くような笑顔のユウナ。

見ているジークは、思わず浄化されそうになる。

これ以上、彼女を見ているのは危険だ。

と、ジークが彼女の輝く笑顔から、視線を逸らしたその時。

「あ、そうだ！　上位魔法《エクス・ヒール》！」

突如、そんなユウナの声と共に、ジークに魔法がかけられる。

かけた本人こと、ユウナはジークへと言ってくる。

「ジークくん、どうかな？　痛いところはなくなった？」

「ちょっと待て、それ以前に俺は怪我してないんだが」

「ダメだよ、ジークくん！　その癖は治した方がいいよ！」

その癖とはなんのことだろうか——ジークには全く心当たりがない。

などと考えていると、再びユウナはジークへ言ってくる。

「ジークくんは昔から、痛いことがあってもすぐ我慢して、他の人に迷惑をかけないようにすること、あたしは知ってるよ！」

「あぁ、たしかに魔王としての記憶を取り戻す前……ただの人間だった頃はそうだったかもな。だけど、今は大丈夫だ。本当に何の怪我もしてな——」

「上位魔法《エクス・ヒール》！」

「まさかの二度掛け⁉」

どうやら、ユウナさんは心配性のあまり、ジークの言葉が耳に入っていないに違いない。

けれど、ユウナは圧倒的な魔法の才能と魔力を持っている。この程度では魔力切れの心配もないし、回復魔法をかけられたところでジークに害があるわけでもない。

（これでユウナが安心するなら、放っておいてあげた方がいいかもな）

「ところで魔王様、次はどこに行くんですか？」

と、未だ胸を押し付けながら言ってくるのは、アイリスだ。

ジークはそんな彼女へと言う。

「この近くに街があるみたいだから、とりあえずそこに行ってみようと考えてる」

「さっきの冒険者も、そこから送られてきたみたいですし、それがいいかもですね！」

「あぁ。大きな街だったら、ユウナを覚醒させる条件を知っている人も居る可能性が高い。それに俺達の仲間——宿魔人がいる可能性も高い」

「あとあれですよね！　邪魔な勇者を粉砕玉砕大喝采するんですよね！　わかってますよ魔王様！　この世界から勇者を全滅させて、魔物の楽園を作り出すんですよね！」

「ジークくんはそんなことしないよ！」

と、アイリスに言うのはユウナだ。

彼女はジークの腕をきゅっとしながら、言葉を続けてくる。

「もしその街の勇者が悪い人で、人を苦しめていたなら……ジークくんはそういう時だけ、勇者を倒すんだよね？　だって、ジークくんはとっても優しい正義の味方だもん！」

「正義の味方⁉　ユウナって、本当に時々おかしなこと言いますね！　魔王様は悪そのものですよ！　最強にして至高の悪……あぁ、憧れます！　さすが魔王様です！」

と、ユウナと反対側から、抱き着いてくるアイリス。

彼女は小狡そうな表情を浮かべ、胸をぽよんぽよんさせてくる。

一方のユウナはというと、それを見て対抗心を燃やしたに違いない。

「じ、ジークくんは悪なんかじゃないよね？　魔王になってからも、何だかんだ優しいし……だ、だってこの前も、おじいさんを……んっ、おんぶ……してあげてた、し」

言って、彼女はアイリス同様、胸をジークの腕へと押し付けてくる。

けれど、ユウナはアイリスに対抗してやっているのが見え見えだ。

ようするにユウナは露骨に照れまくっている——上目づかいの涙目で、頬を染めている彼女を見ていると、ジークの方が恥ずかしくなるほどだ。

この状況を打破する方法は一つ。

「あぁ！　魔王様が逃げた！　待って下さいよ！　五百年以上待ち続けた、この忠臣アイリスを放置していくつもりですか⁉　放置プレイはもう飽きましたよ！」

「ジークくん、そんな急に走ったら危ないよ！　また怪我したらどうするつもり⁉」

と、逃走（とうそう）したジークを追ってくるのはアイリスとユウナだ。

逃げる魔王。

追うサキュバスと勇者見習い。

傍（はた）から見たから、相当異質なパーティ。

そんな彼等の旅はまだまだ始まったばかりだ。

さてさて、本日の天気は快晴。空はどこまでも澄（す）み渡（わた）っている。

そして、そんな空には真っ白いドラゴンが、先ほどからずっと——まるでジーク達を見守るように旋回（せんかい）し続けているのだった。

プロローグ　淫魔（いんま）は思ってみる

時は五百年前、魔が人々を支配する時代。

場所は魔王の支配領域――その中心部、魔王城。

「魔王様、勇者ミア・シルヴァリア率いる軍勢に完全包囲されています……侵入（しんにゅう）されるのも時間の問題かと」

「アイリス、報告感謝する。それにしてもそうか、ついに俺を倒す者が現れたか」

と、言ってくるのは魔王ジークだ。

美しくも荒々（あらあら）しい白の長髪（ちょうはつ）、見る者を怯（おび）えさせる赤の瞳（ひとみ）。

さらに、頭部に生える逞（たくま）しい二本角、筋肉の鎧に覆われた褐色（かっしょく）の巨躯（きょく）も完璧（かんぺき）だ。

さてさて、そんな彼は玉座から、アイリスへと言ってくる。

「しかし、変わった気分だ。これから俺は勇者ミアに倒されるというのに……言うならそうだな、死への恐怖（きょうふ）や生への執着（しゅうちゃく）を感じない」

「魔王様は満足している――ということですか？」

「満足か……そうだな、俺は満足しているのかもしれない」

と、アイリスが今まで見たこともない、優しそうな表情を浮かべるジーク。

彼はさらに続けて、アイリスへと言ってくる。

「数多の魔物を打倒しただけでなく、我が右腕——竜姫ホワイト・ルナフェルトをも打ち倒す勇者ミア。たしかに……奴になら負けても本望かもしれない」

「負けても本望かもしれない……なんて、そんなこと言わないでくださいよ！」

「アイリス？」

「魔王様が死んじゃったら、私はどうすればいいんですか！　魔王様が死ぬなんて、そんなの……私は！　私は絶対にそんなの！」

「泣くなよ、アイリス」

と、ジークは玉座から降り、アイリスの涙を拭ってくれる。

優しくて、とても温かい手——けれど、時にはとても恐ろしい手。

（魔王様、私はそんな魔王様のことが大好きです）

故に、アイリスはジークへと言う。

「魔王様、あの計画のことは考えてくれましたか？」

「俺の記憶と力の全てを、この《隷属の剣》に封印するというものか？」

「はい。そうすれば魔王様はここで殺されたとしても、遠い先——魔王様が生まれ変わったときに、今の全てを引き継いでやり直すことが出来ます。そうすれば復活した先で、憎き勇者ミアの末裔達に復讐することも可能です」

当然、アイリスはジークに死んでほしくない。

けれど、現在の状況でそれはもう不可能だ。

勇者達はジークが死んだという事実がなければ、もはや止まらないに違いない。

だから、この計画で魔王の死を偽装するのだ。

「魔王様の記憶と力を剣に封印した後、私が選んだ洞窟の奥深くにその剣を隠します。その時には、番人として私自身を体ごと剣に宿すつもりです」

「……未来は今よりも楽しいと思うか？　今よりも満ち足りた気分になれると思うか？」

と、言ってくるジーク。

こういっては失礼だが、その答えは決まりきっている。

「あったりまえじゃないですか！」

と、アイリスはジークへと言葉を続ける。

「私と魔王様が揃えば、どんな時代でも、どんな場所でも絶対に楽しめるんですよ！」

「お前が居れば……か。そうか、そうかもしれないな。未来で待っているに違いない勇者ミアの末裔――俺の最高のライバルの子供たちに復讐というのも……あぁ、悪くないかもしれないな」

「そうですよ、そうかもしれないんです！　それでどうですか、魔王様？　私が考えた作戦、乗ってみる気にはなりましたか？」

「お前にそこまで言われて、乗ってみる気にならないと思うか？」

「さすが魔王様！　そう言ってくれると思っていましたよ！」

とその時、魔王城に響き渡る音がアイリス達を襲う。

間違いない、魔王城の門が破壊されたのだ。

ということは門番をしていたあの魔物も、やられてしまったに違いない。

（憎たらしいですけど、さすがは魔王様に『最高のライバル』と言わせる勇者ですね）

おまけに勇者ミアは強いだけでなく、万人から愛されるほど性格もいいと来ている。

非の打ちどころがないとは、まさに彼女を表す言葉に違いない。

（まぁ、私としてはムカつくだけですけど）

さて、今は勇者ミアのことなど忘れて、ジークとの作戦が優先だ。

アイリスはさっさと魔法陣を描いていき、ジークへと言うのだった。

「さぁ、魔王様。この中に入って、中央に《隷属の剣》を刺してください」


魔王ジークが勇者達に倒されてから五百年。

場所は《隷属の剣》の内。

「いやぁ～やっぱり一人で五百年過ごすと暇で困りますね」

長い時の中で、アイリスには一つの変化が起きていた。

「っていうか私、随分ひとり言が増えちゃいましたけど……うーん、少しおばあちゃん臭いですかね？」

これでジークが復活したら、思わず爆裂トークをしてしまいそうだ。

もっとも、それで困るのはジークだけなので、まぁよしとしよう。

（ジーク、魔王ジーク様♪）

アイリスにとって、とても心地のいい名前。

アイリスにとって、考えるだけで熱い物がこみ上げる名前。

「はぁ……魔王様ってば、早く復活してくれませんかね。そろそろ魔王様をぎゅってしたい症候群が、暴発しそうでやばいですよ！」

もだもだごろごろ。

ぎゅーぎゅー。

それから数年、アイリスはジークで妄想しながら精神世界を転がりまわる。

…………。

…………。

…………。

とまぁ、そんなある日。

「！」

と、アイリスの魔王様しゅきしゅきセンサーに、何かがヒットするのを感じる。

ジークと同じような気配が、近づいてきているのだ。

「でもこれは……この気配は人間？」

いったい、どういうことなのか。

当然ながら、ジークは魔物の王――人間ではない。

にもかかわらず、ジークの気配を人間が放っているとなれば、考えられる理由は一つだ。

「え、まさか魔王様……人間に転生しちゃったんですか⁉」

よりにもよって、忌まわしき勇者と同じ種族。

ひかえめに言って最悪だ。

きっと、ジークも苦しんでいるに違いない。

こうなればアイリスに出来ることは一つだ。

「魔王様ぁあああああああああああああああっ！　こっこですよ！　ここ～～～！　あなた様の忠臣兼嫁、アイリスはここにいますよぉおおおおおお～～～～～～～っ！」

アイリスは剣の内から、外に向けて全力で言う。

「たとえ魔王様が人間のお体でも、私はついて行きますとも！　そして安心してくださ い！　この剣を手に取りさえすれば、魔王様は人間のお体でも、確実に魔王の力と記憶を手にできます！　さぁさぁ！　早くこっちに来てくださ い魔王様！」

ここ数百年、ジークでエッチな妄想していた時以来のシャウト。

アイリスはその声が外に届かないのを忘れて、ひたすら叫び続けるのだった。

「忠臣アイリス、心と身体の準備は万全です！」

第一章　正義の底辺冒険者と呪(のろ)いの剣

時は正午、場所は人里離れたとある森の奥。

「なるほど、ここが新たに発見された洞窟か」

と、言ってくるのは輝く金の長髪と、どこか陰湿(いんしつ)そうな碧眼(へきがん)を持った青年。

絢爛豪華(けんらんごうか)なローブに、紅玉の杖(つえ)をもった彼こそは勇者の末裔――エミール・ザ・ブレイブ七世だ。

勇者の末裔とは、かつて魔王を倒した伝説の勇者『ミア・シルヴァリア』の血族。

全員が人智(じんち)を超(こ)えた戦闘能力を持ち、あらゆる面で畏怖(いふ)を集める存在のことを言う。

そんな中でもエミールの才能は凄(すさ)まじい。

なんせ、世界中で一二を争う力を持つ勇者と言われているのだから。

最近で言えば、数百の魔物を一撃で倒した記録まで残っている。

さらに、彼がもつ権力も凄まじいもので、王ですら口出しできないほどなのだ。

さて、そんな彼は冒険者達の先頭に立ち、洞窟の先へ手を翳しながら続けてくる。

「いいか貴様等！　この俺様の手を煩わせないよう、出てくる魔物は事前に排除しておけ！　もしも一匹でも、この俺様の下まで通せば……どうなるかわかっているな⁉」

　直後、冒険者達は洞窟の奥へと進みだす。

「アルくん、あたし達も一緒に行こ？」

と、言ってくるのは、アルと同期の冒険者のユウナだ。

　アルはそんな彼女へと言う。

「うん、僕でよければ一緒に行かせてもらうよ……頼りないかもしれないけど」

「頼りなくなんてないよ！　この前だって、おばあさんが落とした財布を、朝から晩までずっと捜してたでしょ？　あたし、アルくんのそういうところすごく尊敬してるんだよ」

「あはは……あれのせいで、洞窟探索のミーティングに遅れて怒られちゃったけどね」

と、その時。

「おい、貴様等！　何をサボっている！　働く気がないなら死ぬか？　俺様を誰だと思っている？　あの勇者ミアの末裔――エミール様だぞ！」

と、アルとユウナの方へ近づいて来るのはエミールだ。

　彼はニヤニヤと、アルとユウナへ言葉を続けてくる。

「何だかんだ俺様と貴様等の付き合いは長いからなぁ。俺様が持っている権力は知っているだろう？　俺様がその気になればアルぅ……貴様などすぐに殺せるんだ。もちろん、犯人が誰かなどわからないようになぁ」

と、近くの岩へと手を翳すエミール。

彼はニヤニヤと笑いながら、まるで何かを押しつぶすように、その手の平を閉じる。

すると、岩が粉々――どころか、消滅したのだ。

（っ……エミールの魔法は光魔法だ。いったいどういう使い方をしたら、岩をあんな風に消し去れるんだ。それに今の魔法、詠唱すらしてない……たったワンアクションで、あんな強力な魔法を発動させるなんて）

悔しいが、エミールがその気になれば、本当にアルなどすぐに殺せるのだ。

と、アルがそんなことを考えたその時。

「エミールさんはどうして、アルくんにばかりそんなに酷いことを言うの⁉」

するとエミールは、ユウナのその行動と言動が気に障ったに違いない。

アルを庇う様に言ってくれるのはユウナだ。

彼は舌を鳴らした後、ユウナへと言う。

「生意気だな、女。貴様にも俺の権力を教えてやろうか？　俺様はかつて魔王を倒した勇者の末裔――エミール・ザ・ブレイブ七世様だぞ！　その気になればそうだな……貴様の身体を自由にすることも――」

と、エミールはユウナの胸へと手を伸ばす。

アルはそんなエミールの腕を掴んで止め、彼へと続ける。

「エミール。僕達はあなたの命令通り、洞窟の探索をする。だから、安全を確保するまで、あなたはここで待っていればいい」

「庇ったつもりか？」

と、アルの手を払った後、冷ややかな視線とともに言ってくるエミール。

アルはユウナの手を引きつつ、そんなエミールへと言うのだった。

「いや、自分達の役目をまっとうしようと思っただけだ」

時はそれから数時間後。

場所は洞窟の奥。

「はぁ……疲れた。でも、だいぶ魔物が出て来なくなったね」

と、言ってくるのはユウナだ。

彼女はさらに続けて言ってくる。

「魔物を狩り始めてから数時間経ったけど、エミールさんってずっと入口で待ってるのかな？　なんだか少しバカみたいだね」

「たしかに。ユウナもそういう冗談言うんだね」

「それはそうだよ、あたしだって人間だもん……そういえばさ、さっきはあたしのこと、守ってくれてありがとね――他にも、エミールさん達に絡まれた時、いつもいつも守ってくれて、本当にありがとう」

「別に、僕は彼等がしていることが、間違っていると思っているだけだから」

「それでもありがとう……助かったのは確かだから、とっても嬉しかったよ！」

と、笑顔で言ってくるユウナ。

アルはそんな彼女から、思わず視線を逸らしてしまう。

ストレートにお礼を言われるのが、どうにも恥ずかしかったのだ。

「そういえば、どうしてアルくんは冒険者ギルドに入ったの？」

と、再び声をかけてくるユウナ。

彼女はやや言いにくそうに、アルへと続けてくる。

「人のためっていうのはわかるんだけど……ほら、今の冒険者ギルドってさ」

と、途中で止まってしまうユウナの言葉。

けれど、アルにはその気持ちがよく理解できた。

今の冒険者ギルドは本当に酷い。

昔と違い、弱者から金をむしり取って依頼をうけることしか考えていないのだから。

というのも、それぞれの冒険者ギルドのトップに立つ勇者の末裔たち（エミールもその一人だ）が、大きく影響している。

彼等は勇者の末裔というブランド力を利用し、好き勝手やっているのだ。

冒険者ギルドのことを盗賊ギルドと、揶揄する人々までいる始末。

ようするに、勇者と冒険者はあらゆる人から嫌われている。

それでも、アルが冒険者ギルドに入ったのは。

「父さんがさ、冒険者ギルドに入ってたんだ。無償で人助けをしたりして、ギルドからは注意されたみたいだけど、最後までずっと『人のために』を貫きとおした」

「だから、アルくんもお父さんみたいになりたくてギルドに？」

ひょこりと首を傾げてくるユウナ。

アルはそんな彼女へと言う。

「それもあるけど、僕はいつか冒険者ギルドを中から変えたいんだ。今は勇者達があぁだから、集まる冒険者達も次第に堕落していってるけど」

「アルくんがトップに立って、冒険者ギルドの腐敗を正す？」

「僕がトップとは言わないけど、ニュアンスはそんな感じかな……そういえば、ユウナはどうして冒険者ギルドに入ったの？」

アルにユウナが聞いてきたことは、彼女自身にも当てはまる。

ユウナほどギルドの腐敗と縁遠い人物は、居ないに違いないのだから。

と、アルがそんなことを考えていると。

「えっと……アルくんほど立派な考えじゃないというか、ちょっとおかしなことなんだけど……笑わない？」

と、もじもじした様子で言ってくるユウナ。

アルはそんな彼女へと言う。

「笑うわけないよ。どんな目的だったとしても、その人にとっては大切なことだろうし」

「アルくんはやっぱり優しいね——えと、本当は秘密にするように言われてるんだけど、アルくんには特別」

と、ユウナはネックレス——青い結晶を加工して作られたそれを、外して手に取る。

そして、彼女はそれをアルに見せながら、言葉を続けてくる。

「このネックレスはね、何百年も前から受け継がれているものなんだ」

「ユウナの家系にとって、大切なものってこと？」

「それが少し違くて……」

と、なにやら言いにくそうに続けるユウナ。

そんな彼女の言葉をまとめると、こんな感じだ。


まずユウナのネックレスは、家系に代々継がれてきたものではない。

それは当代の所有者が、後継者を選び託してきた物とのこと。

そして、ネックレスには特殊（とくしゅ）な力があり、それは選ばれた後継（こうけい）にしか使えない。

さらに後継として選ばれた者は、とある役目があるそうなのだ。

それは――。


「このネックレスの所有者は常に世界の平和を見守って、もしも世界が乱れた時は立ち上がらないとダメなんだって」

と、言ってくるのはユウナだ。

彼女はネックレスを見つめながら、アルへと続けてくる。

「なんかね。このネックレスの最初の所有者は、とってもすごい人だったんだって。特別な力を持っていて、その力を人を救うためだけに使った人……その命が尽きるまで、世界の平和を守った人」

「まるで魔王を倒した勇者みたいだね」

「うん！　あたしもそう思ってるんだ！　おとぎ話の主人公みたいに優しくて、とっても強い……あたしの子供の時からの憧れ！」

と、再び笑顔になるユウナ。

アルはそこでふと、とあることが気になる。

故に、彼は彼女へと言う。

「ちなみに、ユウナは誰から後継に選んでもらったの？　あと、その人も初代のことは知らないの？」

「まず選んでくれた人のことなんだけど、その人は小さい時に村にやってきた冒険者さんだったんだ。その人は各地を転々としながら、無償で人助けしてたみたい」

「無償でって――」

「アルくんのお父さんみたいだよね！　あたしなんかより、アルくんのお父さんが後継に選ばれた方がよかったよね、きっと」

「そんなことないよ。ユウナが冒険者ギルドに入った理由っていうのがそれでしょ――人助けがしたかったってやつ」

　すると、こくりとうなずくユウナ。

　アルはそんな彼女へと続けて言う。

「だったら、ユウナだって充分偉いよ！　それに後継者として相応しいと思う！」

「っ」

　と、なにやら赤面しているユウナ。

　彼女は顔の前で手をわたわたさせたのち、アルへと言ってくる。

「そ、それで初代の話なんだけど、先代もやっぱり初代が誰かは知らないみたい。というか最初の継承の時から、初代が誰かわかってなかったみたい」

「つまり、初代は後継を選ぶ時に意図的に正体を隠した？」

「うん。きっと後継が欲しかっただけで、名声にはまるで興味がなかったんじゃないかな」

　なるほど、それならば説明がつく。

　名声が欲しくなければ、名前を後世に伝える必要はない。

（初代が何年前の人なのかわからないけど、一回会って話してみたかったな。ユウナの話を聞く限り、初代の生きざまは僕の理想だ）

　アルが初代に会いたい理由はもう一つ。

それは初代の正体がわからないのに、その志が未だ引き継がれているところにある。

なぜならば――。

「あたしは確信してるんだ。初代がすごいっていうのは、きっと『言葉で表せないくらいすごい』って意味なんだって」

と、言ってくるユウナ。

彼女はネックレスを握り、胸に当てると言葉を続けてくる。

「当時は名乗らなくても誰もが知っているくらい――どの後継者も『初代みたいに立派な人になりたい』って、そう思えるくらいに」

「僕もそう思うよ。何百年経って伝承がどんどん薄れてなお、ユウナがこうして憧れるくらいだもんね」

「うん！　あたしね……このネックレスを握っていると、初代の気持ちが流れ込んで来る気がするんだ――とても大きくて優しい、力強い意思が」

ユウナはそこまで言うと、一旦息を整えるかのように頷く。

そして、再びアルへと言ってくる。

「改めていうけど、それでなんだ！　あたしも伝え聞く初代みたいに、人の役に立てる優しい人になりたいなって……そう思って、冒険者ギルドに入ったんだ！」

「…………」

やはりユウナの考えは立派だ。

笑う要素など一つもない。

アルがそのことをユウナに伝えようとしたその時。

「おーい！　そこのおまえら！　魔物が片付いたから、一回集合だってよ！　多分キャンプの設営だ！　急げよ～！」

と、冒険者のそんな声が聞こえてくるのだった。

時は変わって夜。

場所は洞窟の中――その開けた一角。

アルはテントの中で、他の冒険者達と眠っているのだが。

「ぐふっ⁉」

突如、腹に圧迫感を覚えて目を覚ます。

見ると、隣で寝ていた冒険者のかかと落としが、アルの腹にクリーンヒットしている。

凄まじい寝相だ。

（魔物と戦ったり、テントを設営したりで疲れてるから、ゆっくり寝かせて欲しいんだけどな……全部終わった後、エミールから全員分の水汲みまで頼まれて、体中痛いし）

と、アルがそんな事を考えていると。

「～～～～～～～～～～～～～～～～！」

「～～～～～～～～～～～～～～～～～～～～～～～～～～～～～！」

テントの外から、誰かが言い争うような声が聞こえて来たのだ。

そして、片方の声はどうやらユウナの声に違いない。

（こんな時間に外で何してるんだろう？　昼のエミールとの一件もあるし、いちおう見に行った方がいいよね）

もしも何もなければ、引き返して寝ればいい。

アルはそう考えて、他の冒険者達を起こさないようにテントを出る。

すると。

「やめて、放して！」

「おい貴様！　この俺様の命令が聞けないのか!?　まさか俺様が誰か知らないのか!?　こ

の俺様は魔王を倒した勇者ミアの末裔――エミール・ザ・ブレイブ七世様だぞ！」

「よっ！　七世！　いいぞいいぞ！　ユウナもシラケるからよ、さっさとこの七世殿の言うこと聞けや、マジで……無理矢理されたくなかったらよぉ」

「全裸になれって言ってるわけじゃねぇだろ！　少し服を脱いで、踊ってみろって言ってるんだ！　それくらい簡単だろ、なぁおい！　酒の余響だよ、余響！」

聞こえてくるユウナの声。

そして、そんな彼女を囲むように怒鳴りつけるエミールと、その取り巻き二人。

全員が酒瓶を持っていることから、酔っぱらっていることは容易にわかる。

大方、最初はユウナにお酌をさせていたところ、エスカレートしたに違いない。

（なんにせよ、黙って見てるわけにはいかない！）

と、アルはすぐにユウナのもとまで走る。

そして、エミールの手を叩き落とし、ユウナを彼等の中から引っ張りだしながら言う。

「エミールも、あなた達もユウナに何をしてるんだ⁉　僕達は同じ仲間でしょ！　どうしてこんな、彼女を貶めるようなことができるんだ！」

「あ……アルくん、その――」

と、ユウナは安心した様な、申し訳ない様な……複雑そうな表情を浮かべる。

だが、アルは彼女に手をやって遮ると、エミール達へ続けて言う。

「エミール。あなたは勇者ミアの末裔だ！　本来なら、こういうことを止めるべき人なのに！」

「うるさい奴め……また貴様か、アル！　俺はそこの淫乱なメスに、身分相応の行いをさせてやろうと思っているだけだ！」

「ユウナはそんなんじゃない！　エミール、いい加減ユウナに絡むのはやめるんだ！

そんな事ばかりしていて、恥ずかしいとは思わないのか！」

「黙れ、クソガキめ！　ん、あぁ……いや、そうだな」

と、突如笑みを浮かべるエミール。

彼はそんな不審な態度のまま、アルへと言ってくる。

「それじゃあ一つゲームをするのはどうだ？」

「ゲーム……それに勝ったら、ユウナにちょっかい出すのをやめて、普通の仲間として認めてくれるってこと？」

「あぁ、ユウナだけじゃなく、貴様のことも認めてやるとも。それで、返事は？」

「わかった……」

アルが言うと、エミールはニヤリと笑ってくるのだった。

さて、時はキャンプでの騒動から数分後。

現在、アル達はエミールとその取り巻きに、洞窟の奥へと案内されていた。

そして、案内された先にあったのは――。

「あれは、剣？」

「あぁ、そうだ。この洞窟を調査していてわかったが、あれは《隷属の剣》というらしい」

と、台座に刺さった悪魔の角のような、禍々しい装飾の剣を指さし言ってくるエミール。

彼はニヤニヤ笑いを続けながら、さらに言葉を続けてくる。

「あの剣は、伝説の勇者ミア・シルヴァリアが残した伝説の武器のようで――」

「え？　エミール様、あれって呪いの――」

「貴様は黙っていろ！」

と、エミールの言葉を遮った冒険者を、更に遮るエミール。

アルはそんな彼へと言う。

「ようするに、あれを引き抜いたら、もうユウナには絶対にちょっかいをかけない。そういうことでいいかな？」

「理解が早いな……じゃあ行ってこい。俺様はここで見ていてやる」

「アルくん！　やめて、あたしは大丈夫だから！　なんだか怪しいよ！」

と、ユウナの心配そうな声。

(怪しいのはわかってる。だけど、エミールは僕よりも強い。ユウナを守るためには、こうするしかないんだ)

エミールのことだから、あの剣は絶対によくないものだ。

けれど、さすがに命を落とすようなことはないに違いない。

アルはそんなことを考えながら、剣へと近づいていく。

そして、彼が剣へと触れ、それを引き抜こうと力を入れた瞬間。

「くははははっ！　バカが！　それは触れた者を醜い魔物にする呪いがかかっているんだよ！　俺様達はユウナで心行くまで遊んでやるから、貴様は雌の魔物と盛っているがいい！」

聞こえてくるエミールの声。

アルはすぐさま手を放そうとするが、身体中の力を剣に持っていかれる。

（手を放すことが出来ない……っ、このままじゃ！）

その直後、アルの意識は闇（やみ）に落ちていくのだった。

第二章　底辺冒険者は最強の魔王になる

もぞもぞ。
もぞもぞもぞ。
と、アルはそんな衣擦れ（きぬず）の音で目を覚ます。
（ん……なんだ、服を脱がされてるのか？　というか、僕はいったいどうなった？）
アルが覚えているのは、剣を引き抜こうとしたところまでだ。
その瞬間、意識が途切（とぎ）れた――そして、最後に聞こえて来たのは。
「っ――エミール！」
「のわっ⁉」
アルが上半身を起こすと、聞こえてきたのはそんな少女の声だ。
いったいその声の持ち主は誰なのか。
アルが声の聞こえた方へ視線を向けると、見えて来たのは――。

「いったいなぁ……もう、頭をぶつけちゃったじゃないですか！」

と、言いながら頭を押さえている少女の姿だった。

けれど、よく見るとその少女はただの少女でないことがわかる。

(頭に角……それに、あの尻尾と羽は……悪魔？)

そこでアルはとあることに思い至る。

それは――。

(エミールは『僕が醜い魔物に姿を変えられる』とか言ってたけど……まさか、この悪魔が僕を魔法でそうするとか？)

可能性としては充分あるため、けっして油断はできない。

アルはすぐさま立ち上がっ……たところで、自らの状態に気が付く。

なんと、アルの服は上半身も下半身も、かなりはだけさせられていたのだ。

(な、なんだ⁉　まさか僕、寝ている間に悪魔に襲われたのか⁉)

アルはそんな悪魔に心当たりがある。

故に、アルは少女から決して目を離さず、彼女へと言う。

「キミは淫魔……サキュバス？」

「そうですよ、私はサキュバスです。やっぱり、いろいろ忘れちゃってるんですね？　まあ、それで当たり前なんですけど！」

と、よくわからないことを言ってくるサキュバス。

彼女は「よっこらせ」っと、立ち上がるとアルへと続けて言ってくる。

「お久しぶりです、魔王様！　あなた様がやってくるのを、このアイリス……心待ちにしていました！」

「魔王……えっと、キミは何を言ってるの？　っていうか、僕に何したの？　それにここはどこ!?　僕は早くユウナのところに戻らないとダメなんだ！」

「ストップ！　スト〜ップ！　そんなに質問されても答えきれませんてば！」

と、自らをアイリスと名乗ったサキュバスの少女。

彼女は尻尾をふりふり、言葉を続けてくる。

「でも、魔王様の頼みですから、重要なことから順に全て答えさせてもらいますよ！」

「じゃあ、ここはどこか教えて！　どうやったら僕は元の場所に――」

「まず教えるのはナニをしていたかですけど……まぁ、簡単に言うとナニをしようとしていたら、魔王様が眼を覚ましちゃったわけですね！」

「……」

「あ、でも安心してください！　上半身はたっぷり堪能しましたけど、下半身はまだですので！」

「………………」

この少女、アルの話を聞いていない。

っていうか、凄まじいレベルの変態だ。

「まぁ、それでなんですけどね！　実は魔王様にすっごく重要なお話があるんですよ！あ、ここは外と時間の流れが違うんで、落ち着いてよーく聞いてくださいね！」

と、徐々にアルに近づきながら、言ってくるアイリス。

彼女はアルの目の前で立ち止まると、言葉を続けてくる。

「魔王様ぁ……私のお願いを聞いてくれたら、真面目な話。ここがどこかもわかりますし、どうやったら外に戻れるかもわかりますよ？」

「キミの、お願い？　命を差し出せとか、そんなこと？」

「あははは！　もう、嫌だなぁ！　それじゃあただの悪魔じゃないですか！　私のお願いはただ一つですよ、ま・お・う・さ・ま♪」

と、そこでアイリスはアルの頭を小突いてくる。

その瞬間。

「⁉」

アルの視界がぐわんと歪む——もはや頑張っても立っていられないレベル。

アルはこの状況に覚えがあった。

（これは精神操作魔法だ……っ、しかもなんて強力な。ダメだ、倒れ——）

「おっと、今の魔王様はザコザコですから、頭を打たないように気をつけないとですね！」

と、倒れるアルを優しく受け止め、寝かせてくれるアイリス。

けれど、彼女の行動はそれではすまなかった。

「実は私、五百年も放置プレイされていたんで、さっさと済ませたいわけですよ」

なんと、アイリスはそう言ったと同時、アルの上へと覆いかぶさってきたのだ。

顔は彼女の吐息が、鼻に感じられるほど近い。

体は完全に密着しており、布を通して彼女の体温が感じられる。

「な、にを……僕をどうする気、だ」

「あは♪　クソザコで、なんの抵抗もできない今の魔王様も、可愛くて素敵ですよ♪」

と、息荒く言ってくるアイリス。

その目は完全に獲物に狙いを付けたと言った様子で、蕩け切っている。

アルの本能は全力で危険信号を出している。

（でも、体が動かない⁉　くそ、こんなことしている場合じゃないのに！）

「やだ、魔王様……え、ちょっと本当にかわいいです」

と、アルの頬を何度も優しく撫でてくるアイリス。

彼女は舌なめずりしながら、言葉を続けてくる。

「さすが人間の身体ですね、私程度も撥ね除けられないなんて。それどころか、必死にピクピク動いて、死にかけの魚みたいですよ……それに、貶されて興奮してるんですか？」

「そんなこと、ない……僕は――」

「そんなことありますよ、今の魔王様は正真正銘のクソザコですし……」

直後、今後のアル人生において忘れられないことが起きた。

「んむっ⁉」

「ん……っ♪」

と、聞こえてくる官能的なアイリスの声。

同時、アルの口に当たるのは、とても柔らかい感覚。

けれど、アルはそれがいったい何なのかについて考える前に、事態は動く。

（な、なんだこれ……僕の頭に、体の中に……何かが入って……っ）

頭が割れそうに痛い。

意識を保っていることが出来な――。


「っ！」

気が付くと、アルはまたしても不思議な空間に居た。

そこはどこを見ても真っ暗闇の場所。

「なんだ、これ……いったい僕はどうな――」

「お前は本当の自分に目覚めようとしているんだ」

と、聞こえてくる男の声。

アルは声がした方へ、視線をむける。

するとそこには、先ほどまではいなかった男が存在していた。

筋肉に覆われた褐色の巨躯、攻撃的かつ威圧的な二本角――明らかに人間ではない。

アルはそんな男へと言う。

「あなたは、誰？」

「あぁ、自己紹介がまだだったな。俺の名前はジーク——五百年前、勇者に倒された魔王だ」

「なっ⁉」

どうして魔王がこんなところに居るのか。

もし本当の魔王なら、アルが一人で倒せるわけがない。

このままでは殺される。一刻も早く逃げなければ。

などなど、アルの本能は全力で疑問と危険を訴えてくる。

故にアルはそれに従って逃げようとしたのだが。

「それでアル！　聞きたいことがあるんだ！」

と、聞こえてくるのは、いつの間にか近づいてきたジークの声。

彼はアルの肩をバンバン叩きながら、子供の様に言葉を続けてくる。

「この世界は今どうなっているんだ？　勇者はどうなっている？　俺を倒したミアの子孫は、この世界をどんな風にしているんだ？　さぞ立派な世界なんだろうな……いや、そうじゃなきゃ困る！　なんせ、この俺を倒した奴が思い描いた世界の延長線上の世界なんだからな！　どうなんだ、アル！　聞いているのか？」

「…………」

思っていた魔王と違う。

そう思ってしまうレベルの質問連打だ。

「アル？　おい、無視をするな。俺はこの時を五百年前から楽しみにしていたんだ」

と、言ってくるジーク。

彼はやや落ち着いたのか、声を整えアルへと続けてくる。

「少し取り乱したが、改めて要点だけ聞こう。勇者ミア・シルヴァリアの子孫は——現代の勇者達は、どんなに素晴らしい奴らなんだ？　この世界はどこまで平和で美しくなっている？」

「………………」

その瞬間。

アルはふいにエミールのことを思い出す。

それだけではない——世界各地で悪逆非道を働く冒険者ギルド。

そのトップに居るエミール以外の勇者達のことを思い出す。

そして、そんな彼等が支配するこの世界は。

「最悪だ」

「何？　いったい何が最悪なんだ？」

と、言ってくるジーク。

ジークは現代の勇者と世界に、並々ならぬ期待をしているに違いない。

別にそれを壊したいと思ったわけではない。

アルが思ったことは一つだけ。

（この世界に期待できることなんてない。今だって、僕はその勇者に貶められたばっかりなんだから……教えてあげよう、ジークが実際に見て絶望する前に）

その方が、幾分ショックが薄れるに違いないのだから。

時はあれから数分後。

その間、アルはジークへと全てを語っていた。

結果――。

「そんな、バカな……」

と、頭を押さえながらよろけるのはジークだ。

彼はアルへと続けて言ってくる。

「勇者達は全員、その血筋を振りかざして……盗賊のように振る舞っている、だと？」

「ジークの時代の――伝説の勇者『ミア・シルヴァリア』が、いかに高潔だったかはわからない。だけど、今の時代の勇者はそんなものだよ。盗賊より力を持ってる分、まだ盗賊の方がいいくらい」

「ふざけるな……ミアは、ただ高潔だったわけじゃない！」

と、現代の勇者の話がよほど癇に障ったに違いないジーク。

彼は感情のままといった様子で、アルへと言葉を続けてくる。

「あいつは誰よりも強かった！　この俺よりも遥かにだ！　なのに驕ることもせず、ただひたすらに人のために尽くした！　平和を守るため、どんなくだらないことも率先して引き受けた！　だからこその勇者だ！　誰もが……この俺すら奴を勇者と認めた！」

もしジークの言っている通りならば、過去の勇者が可哀想すぎる。

なんせ、現代の勇者は完全に過去の勇者を汚している。

しかも、現代の勇者は過去の勇者の子孫ときているのだから。

何一つ救いがない。

と、アルがそんなことを考えていると。

「俺の目的を話していなかったな」

言ってくるジーク。

彼はふっきれた様子で、アルへと続けてくる。

「俺はさぞ素晴らしいこの時代の勇者に、再び挑戦することが目的だった。ミアの子孫と最高の戦いをして、俺が勝つ……結果世界は魔王のものになる」

「そんなこと！」

「あぁ、もうそんなことはいい。今の俺の目的はそうじゃない。今の俺の目的は簡単だ——勇者ミアの名を汚すこの時代の偽物勇者を、絶滅させること……それだけだ」

「……どうして、それを僕に話すの？」

最初から疑問に思っていたことだ。

どうして魔王がアルなどと、会話してくれているのか。

普通ならば即殺されていても、何もおかしくない。

「お前は俺だからだ」

と、言ってくるジーク。

彼はアルへとさらに言葉を続けてくる。

「俺達の人格と記憶は、これから一つに混じり合うことになる。そして、お前の身体を器に魔王が復活する……怖いか？」

「怖くは、ない……それになんでか、それが当然のように感じられる」

強がりではなく本当のことだ。

ジークから敵意を感じないのもそうだが、今では彼に不思議な感覚を抱いているのだ。

ジークを見ていると、何か懐かしい感覚がするのだ。

まるで生き別れた兄弟と再会できたかのような——自らの半身と向き合っているかのような。

(それと、ジークは人格と記憶が一つになるって言った。それならユウナを守りたい……人助けをしたいっていう感情も、ジークと溶け合うはず)

ある意味でアルとジークは利害が一致しているのだ。

ジークは勇者を絶滅させたい。

アルは人助けをしたい。そして、ユウナを守りたい。

勇者が絶滅すれば、世界は確実に平和になる。

そして、勇者であるエミールを倒せば、ユウナを守ることが出来る。

「そろそろ時間だ」

と、思考を断ち切るように聞こえてくるジークの声。

気が付くと、アルとジークの身体は淡い闇色の光に包まれている。

そんな中、ジークは手を差し出しながら、アルへと言ってくる。

「おそらく、互いに言葉を交わすのはこれで最後だ。何か言っておきたいこと、聞いておきたいことはあるか？」

「なら、最後に一つだけ——僕がジークの転生体に選ばれた理由は？」

「簡単だよ、そんなことは」

と、ジークは差し出していた手をアルの肩へと乗せてくる。

そして、そのままジークはアルへと言ってくる。

「お前が付き人の家系だからだよ、伝説の勇者ミアのな」

「でも、そんなこと僕は一度も聞いたこと——」

「確かだよ、おもかげがある。あいつは五百年前、勇者を守るために必死に戦った——その中で、偶然傷口から俺の血が入ったみたいでな……それで因果が結ばれたらしい」

と、一旦言葉を区切るジーク。

徐々に視界が薄れていく中、彼はアルへと言ってくるのだった。

「まぁある意味、お前は付き人の子孫であると同時、俺の血を受け継ぐ子孫でもあるってことだ……だが、何よりお前を選んだもっとも大きな理由がある」

「それ、は……？」

「ミアがやってきたことを誰よりも近くで見て、あいつを最後まで支えてくれた付き人。

お前の性格も、志も……何もかもが奴にそっくりだからだ——お前なら、俺の魂を継ぐに値する」

「ん……っ♪」

気が付くと目の前にあるのはアイリスの顔。

そして、唇にあたる柔らかい感覚。

「ぷはっ……久しぶりでしたけど、魔王様ってやっぱり美味しいですね！」

と、言ってくるのは笑顔のアイリスだ。

ジークはそんな彼女へ、すっきりとした頭で言う。

「五百年ぶりだな、アイリス。俺の記憶と力を守っていてくれて礼を言う、おかげで何もかも思い出した……俺はアルであってアルじゃない」

「えぇ、その通りです。あなた様の名は——」

「ジーク——五百年の眠りから目覚めた魔王」

言って、ジークは立ち上がる。

立ち上がった拍子に、アイリスがずり落ちたが、それはもはやご愛敬だ。

(なにもかも思い出した。そして、覚えている――ユウナのことも、この世界の勇者のことも全て……っ)

「ま、魔王様⁉ どうしたんですか、胸を押さえて……まさか副作用？ 人間の身体では、やはり器として脆弱すぎて……ど、どうしましょう⁉ 私はどうすれば！」

と、何やらテンパり始めるアイリス。

ジークはそんな彼女へと言う。

「いや違う。アイリス、これは別の痛みだ……体が人間のせいか、心も昔と違うみたいだ」

「心、ですか？ っていうか魔王様、ひょっとして泣いて――」

「いや、俺はただ……」

ジークは今の勇者の在り方に、ただ失望しただけだ。

けれど、今はそれに衝撃を受けている場合ではない。

「アイリス、早々にここから出るぞ。外に居るユウナが危ない」

「っていうか、そのユウナって誰ですか⁉」

わーわーきゃーきゃーと言った様子で、騒ぎまくっているアイリス。

ジークはそんな彼女へとストレートに言う。

「ユウナは俺の大切な女性だ」

「え」

「ずっと冒険者として、お互い支えあってきた。だから、今外で窮地に陥っているかもしれない彼女を、見過ごすわけにはいかない」

「あ、なんだ。そういう意味の大切ですか。いや～勘違いしましたよ！」

と、アイリスは尻尾をふりふり、羽をパタパタ続けてくる。

「別にいいじゃないですか、人間なんて！　あいつらは私達魔物に飼育される価値くらいしかないですよ！　五百年前の復讐でどうせ殺すかもですし、無視しましょうよ、無視！」

「アイリス……」

「あ、そうだ！　そのユウナとかいう人間、もし魔王様のお気に入りなら、魔法で洗脳漬けにして――」

「アイリス！」

「わっ!?　なんですか魔王様!?　まさか苗床系の方がよかったですか？」

アイリスは昔から人間があまり好きではなかった覚えがある。

ジークが純粋な魔王だった頃は、別にたいしたことではないと考えていた。

けれど、人間と魔王の記憶と心を持つ今では、そういう訳にはいかない。

故にジークはアイリスへと言う。

「ハッキリさせておくが、人間を皆殺しにしようって気はない」

「あぁ、そういえば昔も言ってましたね。人間は殺すより、ちゃんと統治して労働力にした方がいい……でしたっけ？」

「そういうことでもないが……まぁ、今はそれでいい。そして、俺は今からユウナを絶対に助けに行く」

「え〜、どうしてもですか？」

「どうしてもだ。お前は俺について来るのが嫌か？」

「あはは！　冗談やめてくださいよ！　私はいつだって魔王様と一緒ですよ！　とまぁ、それじゃあ行きましょうか……五百年前の約束通り」

「あぁ。二人一緒に、この世界を楽しむために」

直後、ジークの視界は光に包まれるのだった。

「っ！」

気が付くと、ジークは《隷属の剣》を掴んだまま立ち尽くしていた。

けれど、先ほどまでの光景が夢でなかったことは容易にわかる。

（俺はアルだけどジークだ。二人が混じり合った感覚がする、不思議だ。五百年前のことも全て思い出せるし、体に力が渦巻いているのも感じる。それになにより）

「うわぁ……なんだかすっごいジメジメしますね」

と、ジークの傍をパタパタ飛んでいるアイリスの存在だ。

そんな彼女は周囲を見回した後、ジークへと続けて言ってくる。

「それでそのユウナって人間はどこに居るんですか？」

「そうだ、そういえばユウナはどこに？」

おかしい。

ジークが《隷属の剣》を握る前までは、確実にこの傍に居たのだ。

と、ここでジークはエミールが言っていた言葉を思い出す。

それは――。

『俺様達はユウナで心行くまで遊んでやるから、貴様は雌の魔物と盛っているがいい！』

ゲスが考える『遊び』など、一つしかない。

そして、それを行う場所も相場は決まっている。

「多分、ユウナはこの先にあるキャンプだ。エミールはそこの外れに、自分専用の大きなテントを立てていた。居るとしたらそこしかない」

「え、まさかあれですか⁉ そのユウナって子、んっ、あ……っな目にあってる感じですか⁉ それは見過ごせませんよ、サキュバスとして！」

と、ものすごく嬉しそうなアイリス。

尻尾がふりふり動いているところから、『見過ごせない』の意味が気になるところだ。

「とにかく急ぐぞ。手遅れになったら洒落にならない！」

ジークは《隷属の剣》を引き抜き、今持っている剣の代わりに鞘へと納める。

そして、彼はアイリスを伴って走り出すのだった。


そうして走ること数分後。

ようやく見えてきたのは、豪華で巨大なエミールのテントだ。

ジークはすぐさまテントの入口から、中へと入る。

「ユウナ！」

すると見えて来たのは、最悪一歩手前の光景だった。

「あ、アル……くん」

と、涙交じりの声で言ってくるユウナ。

彼女の服ははだけ、テントの奥で身を守るように丸くなっている。

そして、その近くに立っているのは。

「なんだ、どうして貴様がここにいる！」

「呪いの剣に触って消えたんじゃなかったのか⁉」

「めんどくせぇ奴だな。エミール様、いい加減殺しちゃいましょうぜ！」

エミールと、その取り巻き達だ。

ここまでくると、ジークは彼等に怒りすらわいてこない。

むしろ、悲しさを感じさえする。

「ユウナ、大丈夫か？」

「う、うん……で、でも、アルくん……早く、に、逃げて！」

と、そうとう怖かったに違いない——身体を震わせながら言ってくるユウナ。

ジークがもう少し早く来ていれば、彼女の恐怖を少し軽減できたに違いない。

「すまない、ユウナ」

「おい貴様！　俺様を無視してどういうつもりだ！　俺様が誰かわからないのか⁉　この

俺様は魔王を倒した勇者の末裔――エミール・ザ・ブレイブ七世だぞ！」

ニヤニヤと言ってくるエミール。

ジークはそんな彼へと言う。

「エミール、俺のことが邪魔なんだよな？　それなら構わない」

「はぁ？　何を言っているんだ貴様は！」

「今から決着をつけよう。俺のことが邪魔なら、戦いの中で殺せばいい」

「ほーう、それでお前が勝った時の見返りは？」

「俺が勝ったら、ユウナには二度と手を出さないでもらう」

「ぷっ、くはははははっ！　いいだろう、おもしろい！　その勝負乗った！」

「アルくん、ダメだよ！　そんなの絶対にダメ！　アルくんが死んじゃう！」

と、言ってくるのはユウナだ。

ジークは彼女に答えようとするが、その前にエミールが続けてくる。

「昔から貴様が気に食わなかったが、最後の最後でこうまで俺様を笑わせてくれるとは……どーれ、ついてこい。ここで戦うわけにはいかないからな――貴様の薄汚い血で、俺様のテントが汚れてしまう」

「ぎゃはははははははははっ！　その通りにちげぇねぇ！」

「まぁ、エミール様の魔法を受けたら、塵も残らねぇと思うがな！」

と、エミール達はジークに肩をぶつけながら、テントの外へと出て行く。

ジークがそれを冷ややかな目で見ていると。

くいくい。

くいくいくい。

と、引かれるジークの袖。

「魔王様ぁ～、なんだかあいつムカつきますね」

アイリスだ。

彼女はそのままジークへと、言葉を続けてくる。

「かなり強そうですけど、私が超頑張って殺しちゃいましょうか？　それとも魔法で精神だけバブバブちゃんに戻してみます？」

彼女の後者の提案は心惹かれるものではある。

だが、今はジーク自身でケリを付けたいのだ。

故にジークはアイリスへと言う。

「アイリスはユウナの服を整えてあげてくれ。俺はエミールを倒してくる」

「え～！　私もみ～た～い～！　魔王様があのウザ男倒すところ見たい～！」

「頼むよ、アイリス。ユウナをこのまま一人にしてはいけな――」

「まって、アルくん！」

と、立ち上がり言ってくるのはユウナだ。

彼女はジークの方へやって来ると、言葉を続けてくる。

「あたしも行くよ！　このアイリスって人？が誰だか気になったり、色々わからないことだらけだけど、あたしも行くよ！　だって、あたしのせいでアルくんがこんな――」

「別に気にしなくていい。エミールと戦う理由は、ユウナの件以外にもあるからな」

「それでも、行かせて！」

むぅ～っと言った様子のユウナ。

案外頑固だ。

ジークがユウナを置いて行こうとしたのは、服装と彼女の心の問題からだ。

しかし、彼女の服装はすでに彼女自身で直し済み。

また、先ほどまでの不安そうな表情もしていない。

（これなら、俺がエミールを倒すところを傍で見せた方がよさそうだな。その方が、ユウナの気も晴れるかもしれない）

ジークはそんなことを考えた後、ユウナに言うのだった。

「わかった。でも、見ているだけで絶対に手は出さないように」

そうして、ジーク達がやってきたのは洞窟の外——入口付近。

当然、そこで待っているのはエミールご一行だ。

「遅かったな貴様！　俺様を待たせるとはいい度胸だ！　俺様を誰だと思っている⁉　俺様は至高の魔法使いにして、王をも超える権力を持つ存在！　ギルドだけでなく、自らの街をも持つ生ける伝説‼　そう、この俺様こそが——」

「勇者ミアの末裔様だろ？」

と、エミールの言葉に対し、ジークは苦笑しながら言う。

すると、エミールはすっと笑顔を消し、ジークへと言ってくる。

「貴様、この俺様をバカにしたな⁉　許せん！　この俺様をバカにした奴は死ね！　全員処刑だ！」

「短気だな、エミール。前から言いたかったんだが、お前は勇者の器じゃない」

「黙れ！　このクソガキが！　俺様はエミール・ザ・ブレイブ七世様だぞ！」

「あぁそう、それはすごいすごい……で、アイリスはユウナと一緒に離れてろ。すぐ終わると思うが、俺はエミール達の相手をしなきゃいけないからな」

「だから！　俺様を！　無視！　するなぁあああああああああっ！」

と、雑魚は雑魚なりに精一杯と言った様子の怒気を放つエミール。

彼は紅玉の杖をジークへと向け――。

「勇者の魔法を見せてやる！　本来複数人でなければ撃てない上位魔法、その中でも最高レベルの難易度と威力！　初代勇者ミアがかつて使った魔法――究極にして美麗、魔道の極み、受けてみるがいい！　上位光魔法《エクス・ホーリーレイン》！」

直後、ジークの頭上に降り注ぐのは拳大の光の雨。

それらは凄まじい勢いで地面を抉り、砂埃を巻き上げる。

「あ、あんな威力の魔法を人に……っ、アルくん！　アルくんっ！」

と、聞こえてくるユウナの悲鳴。

きっと、ジークがエミールに殺されたと思ったに違いない。

「あーもう、うるさいですね！　魔王様なら大丈夫ですよ」

と、続いて聞こえてくるのはアイリスの声だ。

彼女はユウナへと言葉を続ける。

「いいですか？　魔王様は常に特殊（とくしゅ）なバリアを身に纏（まと）っているんです」

「ば、ばりあ～？」

「はい、バリアです。それは魔王様の意思と関係なく常に張られていて、悪意ある攻撃（こうげき）は全部防いじゃうんですよ！」

「え、えと……それってつまり」

「簡単だよ、ユウナ」

と、ジークはアイリスの後を引き継ぎ続けて言う。

「俺はどんな攻撃を受けても、絶対にダメージを負うことはない。例外として《ヒヒイロカネ》という金属で作られた、使用者を覚醒させる武器というのがあるが……まぁ、あれは世界に数本しかない――滅多（めった）に手に入らないから、心配はない」

「そう、つまりそういうことですよ！　我らが魔王様は完全無欠なのです！」

と、尻尾（しっぽ）をふりふりアイリス。

ジークはそんな彼女を見たのち。

「さて、エミール」

と、ジークは肩に付いた埃（ほこり）を払（はら）い落としながら、エミールへと言う。

「次はどんな攻撃をしてくる？　勇者の末裔なんだろ？　俺をもっと楽しませてくれよ」

「ひっ――き、貴様等！　貴様等が行け！　俺様が能力アップの補助魔法をかけてやる！」

と、エミールはさっそく人を使いだした。

さすが性根が腐っている人間は違う。

けれど、命令された二人は未だジークの実力を、よくわかっていないに違いない。

「二人がかりなら……それもエミール様に補助魔法をかけてもらえるなら、楽勝っすよ！」

「じゃあ、今回の見せ場、俺達がエミール様の代わりに貰っちゃいますよ！」

と、ノリノリといった様子の二人。

彼等は剣を手に取り、ジークの方へ駆けてくる。

正直なところ、ジークがこのまま棒立ちしていても、彼等がジークにダメージを与えることは不可能だ。

なんせ、ジークには先ほどアイリスが言っていたバリアがある。

だがしかし。

（ユウナに手を出そうとしていたこいつらには、それなりに痛い目に遭ってもらわないとな……でもどうする？）

ジークが剣技を繰り出せば、確実にこの冒険者達は絶命する。

それこそ何が起こったかもわからないうちに。

（それじゃあダメだ……はぁ、手加減するのって大変だな。とりあえず、相手が持っている剣を弾き飛ばしてから考えるか）

と、ジークは自らも剣を抜く。

そして、なるべく力を込めないよう気をつけ、冒険者二人の剣へ順に打ち合わせる。

その瞬間、想定外の出来事が起きた。


なんと、冒険者二人が消えたのだ。


「⁉」

いったい何が起きたのか。

まさか、ジークの知らない魔法でも使われたのか。

そんな物があるはずない――ありえない。

などなどと、ジークはいろいろ考え出すが。

「打ったぁあああ！　魔王様、雑魚冒険者を見事にかっとばす！　冒険者は……伸びる、伸びる……行ったぁあああ！　特大ハイパー魔王様ホームランだぁああああああ！　すごい、すごいぞ魔王様！　さすがは魔王様！　常人を超えた腕力に痺れる憧れる！」

と、空を見ながら喚いているアイリス。

ジークもつられてそちらを向くと、全ての謎が解決した。

アイリスが言ったことを、わかりやすくまとめるとこうだ。

ジークの剣と打ち合った衝撃が強すぎたに違いない。

彼等は剣どころか、体ごと遥か遠くへ飛ばされ、お星さまになってしまったのだ。

「おいおい……今のでもダメなのか、これは戦うときに苦労しそうだな」

というか、現代の人間が弱すぎる。

これならば五百年前の人間の赤子の方が強いに違いない。

「さて、残ったのはエミール……お前だけなわけだが？」

「うっ」

と、引き攣った表情で後ずさるエミール。

ジークはそんな彼へ、続けて言う。

「この場で土下座して、ユウナに謝れ。そして、もう二度とユウナに絡まないと誓え。そうすれば、命まで取りは――」

「……めろ」

「なに？」

「その上から目線をやめろ！　俺様を誰だと思っている！　俺様はエミール！　勇者ミアの末裔、至高の存在！　魔法使い達にとっての神！　そう、俺がエミール・ザ・ブレイブ七世様だぞ！」

言って、再びジークへ杖を翳して来るエミール。

けれど、今回の彼は先ほどとは違った。

というのも――。

「『万人を睥睨し、何者よりも高き頂に君臨する王者よ！　我に至高の玉座より光の力を貸し与えたまえ！』　ふふ、くはは……さっきは詠唱破棄をしたが、今回は完全詠唱――魔力を込めに込めた完全無欠の力だ！　直撃すれば、要塞すらも一撃で消し去る威力！」

直後、エミールの杖が光る。

そこには、エミールの全ての魔力が集められているのを感じる。

おおよそ、先ほどジークが飛ばした冒険者の内包魔力の一万倍近く。

この時代の人間の中で、エミールが最強クラスと言われるのも納得の圧だ。

並みの魔物ならば、相対しただけで消滅してしまうに違いない。

「くはははは！　俺様はかつてこの魔法で、魔物の大群を一人で屠って最強となったのだ！　さぁ、受けてみろ！　我が至高の上位光魔法《エクス・ホーリージャッジメント》！」

そんなエミールの言葉と同時、放たれたのは極大の光線だ。

口上から考えても、これはエミールにとって必殺の技。

きっとこれまで、あらゆる敵をこの魔法で倒してきたに違いない。

さて……なにはともあれ、これでエミールに反省する気がないのは理解した。

（まったく、どうしようもない奴だな……エミール）

と、ジークはエミールへと手を翳し。

「下位闇魔法《シャドーフレア》」

その瞬間、エミールの放った光は、闇の炎に飲みこまれる。

それは凄まじい速度で光を伝い、ついにはエミールの下まで到達する。

そして、彼に触れたと同時――巨大で黒く、禍々しい火柱をあげる。

「あぎゃぁあああああああああああああああああああああっ⁉」

と、聞こえてくるエミールの声。

これでも大分手加減したのだが、所詮はエミール。

「あらゆる面で期待外れだ。この時代において、伝説の勇者と呼ばれているミアなら、その程度の魔法——指先一つで弾き返してみせた」

「あ……っ、うぁ」

と、徐々に収まってきた炎の中、聞こえてくるのはエミールの声だ。

腐っても勇者と言うべきか、真っ黒焦げだがまだ息はあるようだ。

故に、ジークはそんな彼に近づいていき、耳元で囁く。

「最後にもう一度だけチャンスをやる……ユウナに、俺達に二度とかかわるな。そして、これからはまっとうに生きて行け。五百年前の勇者——ミアの名を汚さないように」

「き、さま……だれ、だ。この力……アルでは、ない……な」

ジークは立ち上がり、エミールへ背を向けながら言うのだった。

「俺の名はジーク。五百年の眠りから目覚めた魔王……覚えておけよ、現代の勇者」

第三章　淫魔のご褒美

時はエミールとの一件から数時間後。

あの洞窟から少し離れた場所にある宿屋。

ジーク達はもう夜も遅いので、宿を取ろうとここにやってきたのだ。

なお、エミールはあのまま放置した。

けれど、洞窟の中のキャンプに、冒険者の仲間が居るので死ぬことはないに違いない。

(もう一度だけチャンスをやると言って死んだら、それはそれで俺が恥ずかしいからな。

ユウナ以外にもヒーラーは居るし、きっと回復してもらえるだろ)

今が好機とばかりに、冒険者達がエミールの暗殺を企てなければだが。

地味にありそうなのが怖い。

(まぁ、どうなるにしろ、あいつの身から出た錆ってのは違いない)

と、ジークがエミールのことを思い出し、大きな溜め息を吐いたその時。

「お風呂に入り終わったアイリス。身も心も綺麗にしてやってきましたよ！」

ノックと共に聞こえてくるのは、そんなアイリスの声だ。

ジークが入室を促すと、彼女はすぐさま室内へと入ってくる。

その後、彼女は現在ジークが腰かけているベッド――彼のすぐ隣へと腰を下ろしてくる。

「ユウナは？」

「もう！　女の子を呼び出しておいて、第一声がそれですか⁉」

と、ぷくーっと頬を膨らませるアイリス。

彼女は「ぷんぷん！」と言いながら、ジークへと言葉を続けてくる。

「魔王様が言った通り、精神的に疲れていたんでしょうね。私がお風呂に入っている間に、寝ちゃってましたよ――今はいい夢を見ているはずです」

「魔法は使ったのか？」

アイリスは精神操作魔法を得意としている。

彼女の手にかかれば、対象を幼児退行させることも、いい夢をみさせることも可能だ。

ジークがそんなことを考えていると、アイリスが先の質問に答えてくる。

「お風呂入る前に、少し心が落ち着く魔法を使ったくらいですかね。魔王様に『同室なんだから、面倒見て欲しい』な～んて、頼まれなかったら絶対しませんけど！」

「なんだかんだ面倒見てくれて、助かったよ」

「もう！　照れますね！　このこの～！　魔王様は女心を掴むのが上手いんですから～！」

ぐいぐい。

ずいずいずい。

アイリスはしばらくジークを肘で押しまくって、やがて満足したに違いない。

彼女は足をぱたぱたさせながら、ジークへと言ってくる。

「にしても魔王様、なんだか昔と変わっちゃいましたね」

「そうか？　そういう自覚はないんだが」

「えー、めちゃくちゃ変わってますよ！　昔は敵に情けをかけるようなこと、絶対にしませんでしたし！　なんだか、人間と混じったせいか、優しくなっちゃいましたよね……」

アイリスが言っているのはエミールの事に違いない。

たしかに、ジークはあの時エミールに情けをかけた。

けれど、あれはエミールだからだ。

仮にも同じギルドで戦った仲間だからこそ、最後のチャンスを与えたに過ぎない。

「どの敵にも情けをかけるわけじゃない。基本的に敵は殲滅、容赦はしない……というか、お前は今の俺のことが嫌いなのか？」

「嫌いなわけないじゃないですか！　でも……なんというか」

と、足を余計にパタパタさせるアイリス。

彼女は不貞腐れた様子で、ジークへと言葉を続けてくる。

「魔王様が私の知らない魔王様になっちゃうのがその……えと、あぁもう！　こんなこと考えるの私らしくないんですよ！」

「つまりどういうことだ？」

「つまりも何もないですよ！　魔王様の新しい部分は、これからどんどん好きになっていくんで、問題なしです！　アイリスの心はいつもいつまでも魔王様のものです！」

ふんすっと、鼻息荒いアイリス。

彼女はさらにずずっとジークへと近づいてくると、言葉を続けてくる。

「それで魔王様！　落ち着いたら部屋に来てほしいって言ってましたけど、何かお話でも？　私としては、魔王様と夜の営みをジュル……っと、涎が」

「残念だけど、今からするのはもっと真面目な話だ」

「真面目な話……真面目な話！」

と、アイリスはニッコリ笑顔で、ジークの手を両手で包み込んで来る。

そして、彼女はそのままジークへと続けてくる。

「私としたことが、真面目な話をするのを忘れていましたよ！　いや、申し訳ないです！」

「は――？」

「先ほどのウザ男――なんでしたっけ、ミエール！　ミエールとの戦闘は驚嘆驚愕　雨嵐というやつでしたよ！」

ジークがしたかった話は、決してミエールとの戦闘についてではない。

しかし、アイリスが止まらなそうなので、もう少し静観するのがいいに違いない。

あと、ミ、、、、、、、、エールではなくエミールだ。

「まず上位光魔法《エクス・ホーリーレイン》。当たったもの全てを貫通する無数の光線を降らせるあの魔法――あれの避け方が秀逸でした」

と、目をキラキラさせて言ってくるアイリス。

彼女はそのまま続けてくる。

「本来、あの魔法に対処するには回避しかありません！　たとえ防御魔法を使って、壁などを作り出しても貫通してしまいますからね！　それを魔王様は――」

「雄々しくその場に立っていたんですよ！　魔王様の王子砲の様に♪」

と、散々溜めたのちに言ってくるアイリス。

「いや～すごい！　凄まじい戦略的行動ですよ！　その辺の凡人では、あの場で『ただ立っているだけという選択』は絶対に出来ないでしょうね！　なんせ、魔王様以外があれをすれば死ぬか、よくて大ダメージですから――このアイリス感服いたしました！」

ビシッと、敬礼ポーズを取るアイリス。

そんな彼女は笑顔で尻尾ふりふり、ジークへとまだまだ続けてくる。

「あとあと、最後に魔王様が使った下位闇魔法《シャドーフレア》もすごかったですよね！」

「あれがすごい？　まさか本来、闇魔法が苦手とする光魔法を喰らい潰したからか？」

「そうですよ！　それしかないじゃないですか！　まだありますよ！　魔王様は――」

「エミールが放ったのは上位光魔法《エクス・ホーリージャッジメント》。一方、俺は通常ならば、決して上位魔法に勝てない下位魔法で、それを撃ち破った……」

「わかってるじゃないですか！　魔王様がした一連のことは、魔王様の魔力……そして巧みな魔力コントロールセンスがあってこそですよ！」

と、身体をぷるぷる震わせるアイリス。

彼女は数秒間それを続けたのち、まるで弾けるように言ってくる。

「しかもあれ、ミーエルが即死しないように魔力を調節しましたよね？　上位魔法を喰らい尽くしたところで、ちょうど威力が弱まるよう魔法を放つなんて――常人じゃできない針の孔を通すような魔力コントロールと計算能力ですよ！　尊い……魔王様尊すぎます！」

尊い、尊い。と、その後も呟き続けるアイリス。

けれど、彼女は喋りとおしたことで、ようやく落ち着いたに違いない。

ジークはその機を狙って、アイリスへと言う。

「褒めてくれてありがとう。でも、俺が言いたい真面目な話っていうのは、アイリスに褒めて欲しいっていうことじゃない」

「え、そうなんですか⁉　じゃあなんですか？　あ、まさか私と子作りしたいとか、そういうあれですか！　いいですよ、いいですとも！　このアイリス、いつでも魔王様を孕ませる準備はできております！」

「…………」

「反応うっす！　え～も～、わかりましたよ～！　ちゃんと聞きますから、そんな冷ややかな目を向けて来ないでくださいよ～！」

と、今度こそ話を聞く態勢になったに違いないアイリス。

ジークはそんな彼女へと言う。

「真面目な話っていうのは、今後の方針についてと《隷属の剣》についてだ」

「今後の方針って、現代の勇者達を倒すで決まってるんじゃないですか？」

「あぁ、それは変わらない。だけど、本質的なところが少し変わった……というより、変えざるをえなかった」

「どういうことです？」

と、ひょこりと首をかしげてくるアイリス。

簡単にわからせるため、まず話すべきことは決まっている。

「五百年前の勇者――ミアのことは覚えているか？　あいつがどれだけ凄かったか」

「ミアだぁ～あ？　ひょっとして、魔王様を倒してくれちゃったクソ勇者のことですか？」

と、ものすごく嫌そうな顔のアイリス。

彼女はそのままジークへと言葉を続けてくる。

「あいつを忘れるわけがないじゃないですか！　まぁ……凄い奴なんじゃないですか？　魔王様を倒すくらい強いですし、嫌いですけど。おまけに可愛いですし、嫌いですけど」

想像以上にミアが嫌いに違いない。

ジークは一度咳払いし、再びアイリスへと言う。

「それでそのミアなんだが、お前の言う通りあいつはすごかった」

「前から聞きたかったんですけど、魔王様はあいつのどこをそんなに評価して――」

さらに、あいつがホワイト・ルナフェルトを倒した戦いを覚えているか⁉」

「高潔さももちろん、特筆するべきは強さだ！　ミアは人間のくせに、この俺を完封した！

「あぁ……人間共の城に攻め込んで、一網打尽にしようとした」

本来ならば勝てる戦いだった――それほどの優位があったのだ。

しかし、ミアは単身人々の盾となり、ホワイト・ルナフェルトを逆に打ち取った。

（今思い返してみると、あの戦いがターニングポイントだったように思う）

以降、ミアは軍神のように崇められ、多くの兵士とともに魔王城まで一気に攻めてきた。

「その末に俺は負けた」

「毎度毎度、人間の癖にすごい戦いぶりでしたよね。魔王様との最後の戦いなんて特に」

と、言ってくるアイリス。

ジークはそんな彼女に頷きながら、言葉を続ける。

「まさか三日三晩戦い通しになるとは、俺も思わなかった……というか、何度も言うがたかが人間とは思えない体力と、戦闘能力だった」

だからこそジークは認めたのだ。

あいつこそが真の勇者——あいつにならば、倒されても文句がないと。

しかし。

「だからこそ、現代の勇者は許せない！」

「ユウナから聞きましたけど、現代勇者って堕落してたり弱かったり、やばいんですよね？」

アイリスの言う通り、一言で表すとまさに堕落だ。

ミアが持っていた強さ、そして高潔さは完全に失われている。

魔王が考えるべきではないが、現代勇者からは優しさも消えている。

感じるのは私利私欲のみ。

故にジークはアイリスへと言う。

「現代の勇者——奴らの一番の問題は、ミアの名を汚しているところだ」

「たしかに聞いた限り、現代では『勇者にはかかわらない方がいい』流れっぽいですしね」

「あぁ。現代の勇者がそんなだと、この時代の人間、そして後世の人間達も確実にこう思う——『きっと、現在過去未来通して、勇者ってやつは全員ろくでもない』」

ありえない。

考えただけで、吐き気がしてくるレベルだ。

ジークはイライラを押し殺しつつ、アイリスへと言う。

「いいか、アイリス！　俺を倒したミアをバカにすることは、この俺が絶対に許さない！」

「え、マジですか⁉　私、結構バカにしてますよね⁉　っていうか、別によくないですか？　あんな奴、バカにされて当然――」

「いいのか？　お前は俺がそんなくだらない奴に倒されたと、世間からそう思われても」

「…………」

完全にフリーズするアイリス。

それから数十秒後――彼女は身体をピクンと揺らした後、ジークへと言ってくる。

「現代の勇者の存在は悪ですよ！　偉大なるミアちゃんを汚すとか、とんでもないギルティじゃないですか！」

「ようやくわかったか」

言うなら、現代勇者は病巣だ。

その存在のせいで、ミアの歴史がどんどん犯されている。

対処法はただ一つ。

「今後の方針は現代の勇者の絶滅だ――血筋だからというだけで、権力を振りかざす愚かな連中には、早々にこの世から消えてもらう」

「おぉ！　粛清ってやつですね⁉　おもしろそうじゃないですか！　ミアのリスペクト始めた時はどうなるかと思いましたけど、さすがは魔王様です！　私はそんな魔王様に一生ついていきますよ！」

と、言ってくるアイリス。

彼女はそこまで喋ると一転――。

「そ、それで魔王、様ぁ……もう一つの件、なんですけどっ」

などと、蕩けた様子のアイリス。

彼女は両手を股の間に挟み、身体をもじもじ切なそうに続けてくる。

「《隷属の剣》についてって、ひょっとしてアレ、ですか？」

「あぁ。五百年前に俺が死んだせいで、《隷属の剣》の力も切れたからな。もう一度、お前に《隷属の証》を刻みたい……もちろん、アイリスが嫌じゃなければ――」

「嫌なわけないじゃないですか！」

と、アイリスはささっとベッドで仰向けに寝転がる。

そして、彼女は自らの大切な場所を、ぷにっと触り――。

「魔王様ぁ……アイリスに、この卑しい淫魔に魔王様の太くて硬いの……挿入してくださいい……んっ、中からかき回して、私を滅茶苦茶にしてくださいっ」

と、言ってくるアイリス。

ジークはそんな彼女に頷き、彼女の言う太くて硬いのを取り出す。

すなわち、《隷属の剣》だ。

（この《隷属の剣》はただの剣じゃない。むしろこの剣は、剣としてはたいした力は持っていない。この剣の本領は――）

刺し貫いた者に《隷属の証》を刻み、それを刻んだ者の奴隷にすること。

そして、刻まれた者は自らが持つ能力を刻んだ者と共有することになる。

と、そんな《隷属の剣》の能力を簡潔にいうならばこうなる。

淫紋を刻んだ相手の能力を、全部使えるようになりますよ。

ようするに、アイリスに淫紋を刻めば、アイリスが使うあらゆる能力。それをジークも使えるようになるということだ。

「アイリス、今からお前の中に入れるぞ」

「は、はい……魔王様の、いっぱい注いでくださいっ」

と、先ほどから頭が痛くなるようなことしか言わないアイリス。

ジークはそれを無視して、アイリスのお臍の下めがけ剣を突き入れる。

「ん、あっ……魔王様の、入ってる……奥から、私の大事な場所広げられちゃってるっ」

アイリスはこんなことを言っているが、確実に全て妄言だ。

なんせ、《隷属の剣》は能力発動時には、対象を決して傷つけないのだから。

今の《隷属の剣》は実態がないと言った方が、わかりやすいに違いない。

にもかかわらず。

「ま、おうさま！　わ、私……もうっ、もうイキます！　我慢が……ん、ぁ……ダメ、ダメです！　もうっ……イク――――――――――――――ッ！」

ビクンビクンと身体を揺らすアイリス。

妄想たくましいとは、まさにこのことだ。


時はあれから数分後。

「よし、問題なくアイリスの精神操作魔法を使えるようになっている。下位から上位まで余すところなくな」

「そうですか、それはよかったです……私も、とても嬉しいです」

と、幸せそうな様子で、お臍の下をさすさすしているアイリス。

いったい彼女はどうして、こうも幸せそうなのだろうか。

ジークがそんなことを考えたその時。

「ところで魔王様」

と、突如アイリスから不穏な気配が漂い始める。

そんな彼女は下腹部をなでなで、ジークへ続けて言ってくる。

「もう魔王様の用事は終わったんですよね？」

「ん、そうだな……あとは闇の紋章を持つ者をどうするかについて話すくらいだな」

闇の紋章とは、優れた力を持つ魔物のみに現れる紋章のことだ。

その紋章は必ず左手の甲に現れ、たとえ転生しても消えることはないという。

（魔物からの転生体——身体に魔を宿す人間という意味を込め、便宜上『宿魔人』とでも呼ぶか）

その宿魔人の紋章引き継ぎにかんして、五百年前は書物で調べるしかなかった。

だが、実際転生した今はよくわかる。

なんせ、ジークの左手の甲には、生まれつきその様な痣があったのだから。

（そういえば、あの書物に真の勇者が持つ光の紋章について、興味深い記述も——）

と、ジークが最後まで考える前に、それは起きた。

なんと、アイリスがジークのことを押し倒してきたのだ。

しかも、どこから取り出したのか――手錠を使ってジークの両腕を万歳の形でベッドに固定してくる。

「これは……アイリス、どういうつもりだ⁉」

「正直言いますと、もう我慢の限界なんですよ！」

と、次々にジークが着ている服を剥ぎ取ってくるアイリス。

彼女は尻尾をふりふり、淫魔全開と言った様子で続けてくる。

「五百年も我慢したあげく、私の目の前に現れたのはちょっと童顔のかわいい魔王様……って、そりゃあもう犯しまくりたくなるに決まってるじゃないですか！」

「⁉」

「もうずっと、今の魔王様を見た時から考えていたんですよ！　あ……孕ませようって！」

「だからって急にこ――」

「上位精神操作魔法《エクス・ド・エムニナール》！」

と、ジークの額に手を翳して言ってくるアイリス。

彼女はぺろりと唇を舐めながら続けてくる。

「さぁ、魔王様……今あなたにかけた魔法の効果は——一時的に人格を操作し、対象をとんでもない変態マゾ豚奴隷にするというものです」

「くっ……あ……」

「私の魔法が効くかは不安でしたが、どうやらしっかり効いたようですね。やはりまだ復活したばかり、狙うなら今だと思っていましたとも♪」

まぁ、まったく効いてないわけだが。

そして、この手錠もジークがその気になれば、すぐに破壊できるわけだが。

（ただ、魔力の流れを見てわかったが。アイリスの奴、なんでか大分消耗してるんだよな……予想だけど、五百年の封印生活のせいで吸精が出来なかったからだろう）

サキュバスにとっての吸精は、文字通り生命源だ。

アイリスほどになれば、数百年吸精しなくとも生きていけるに違いない。

けれど、それなりに辛いことではあるに違いない。

（だいぶ恥ずかしいが、アイリスのためだと思って付き合ってやった方がいい……か。なんせ、アイリスは俺のために五百年も待っていてくれたんだから）

などと考えている間にも、ジークの服を脱がせ終わったアイリス。

彼女はジークの臍を指で弄った後、ツツーっと顎の方へ滑らせながら言ってくる。

「あは♪　ねぇ、まお～さま～……どうですか？」

「な、なにが？」

「その辛そうな表情、本当はわかってるんですよね？」

「っ！」

と、ジークの身体に衝撃が走る。

アイリスがジークの王子を、片手で握りしめてきたのだ。

「ビクビクしてて、かわいい……ほら、どうして欲しいか言ってみてくださいよ」

と、アイリスは王子を弄ぶだけでは足りなかったに違いない。

彼女は自らの豊満な胸を、ジークへ何度も押し付け、擦り付けながらいってくる。

「ほら！　早く言ってくださいよ！　どうして欲しいんですか!?」

「俺は、俺は……！」

「も～仕方ないですね……少し素直になれるようにサービスしてあげますよ！」

と、アイリスは暴挙にでる。

なんと性的に過剰興奮し、達しやすくなる魔法を重ね掛けしてきたのだ。

おまけになんと、王子を上下に素早くシゴいてきたのだ。

シュッシュッ。

シュッシュッシュッ。

「っあ……も、もう！」

「おっと、まだ気持ちよくさせませんよ！」

ぎゅ～っと、指を輪の様にして王子を締め付けてくるアイリス。

そのせいで、王子砲は不発に終わってしまう。

「あは♪　情けない顔……かわいい♪」

と、アイリスは顔を近づけてくると、ジークの鼻先に唇を押し付けてくる。

その後、彼女はジークの耳元で続けてささやいて来る。

「ほら、どうして欲しいんですか？　早く言わないと、ずっとこのまま……魔王様の王子様は苦しそうにビクンビクンしてますよ？」

「っ……」

「ほら、素直になってくださいよ、もう！」

ぎゅっぎゅっ。

ぎゅ～～～～～～～～～～！

今度はアイリス、王子を握ったり開いたりし始める。

もう限界だ、このままでは王子の命が消えてしまう。

「……さい」

「え、今なんて言いました？」

と、悪魔の様な笑みで言ってくるアイリス。

ジークはそんな彼女へ恥を捨てて言う。

「も、もう限界です！　お、お願いします！　私の汚らしい王子砲を発射させてください！」

「よく言えました♪　それじゃあご褒美に、その汚らしい王子砲を発射させてあげますよ！」

と、何故かアイリスはジークの足元へ移動する。

いったい彼女は、ジークに……王子にどんな仕打ちをする気なのか。

ジークがそんな事を考えたその時。

「はむっ」

と、聞こえてくるアイリスのナニかを口に含むような声。

同時、王子が温かくも湿ったなにかに包まれる。

「う、くっ……い、いったいなにを――」

「♪」

と、アイリスは何も言って来ない。

だがしかし。

突如、王子砲がアイリスの温かくも湿ったなにか――アイリスホールに吸引され始めたのだ。

「っ――っ⁉」

それだけではない。アイリスホールはジュボジュボと淫猥な音を立てながら、激しく上下に王子を虐めるのだ。

さらに時折ヌラヌラと柔らかい何かが、アイリスホールの中で蠢くのだ。

それは巧みに王子砲の発射口を、何度も刺激してくる。

「こ、のままじゃ――っ！」

「んっ……♪」

と、髪を耳にかけながらアイリス。

彼女は何も言わず、淫蕩そうな表情で王子砲を虐め続ける。

もう限界だ。

ジークの王子は果ててしまう。

「も、もう……う、あ――っ！」

解き放たれる王子砲。

アイリスホールの中で情けなく跳ねまわる王子。

同時アイリスホールは、これまで以上の吸引力で王子砲を吸い上げてくる。

まるで、王子砲から放たれた白濁光線を、全て取り込もうとでもするかのように。

…………。

……………………。

………………………。

そうして数秒後。

「ん……んっ♪」

と、怪しく喉を動かしているアイリス。

彼女は嚥下が終わったのか、舌をチロリとさせジークへと言ってくる。

「あは♪　魔王様の、やっぱりとっても美味しいですね！　今ので足りなかった精力が、すっかり回復しちゃいましたよ――五百年も待ってたかいがあったってもんですよ！　さて……あとは本番ですけど、して欲しいですか？」

と、ジークの上に跨るように立ちあがるアイリス。

彼女はそのまま、もう片方の手で下着をペロリと捲り下ろす。

ジークの位置からでは、彼女の大事な場所が見えそうになってしまっている。

こうなった以上、アイリスに言うことなど決まりきっている。

「あ、ありがとうございます！　ありがとうございま――！」

「ありがとうございますじゃない！」

バタン！

と、扉を開く音と共に聞こえてくるユウナの声。

その瞬間、ジークの頭の中は真っ白になる。

（やばい……この状況だけ見たら、俺って完全に変態だよな？）

そうこうしている間にも、ユウナはどんどんベッドの方へ近づいて来る。

そして、彼女はジークとアイリスを交互に見たのち、ジークへ言ってくる。

「アルくん、これなに⁉　アルくんってこういうことする人じゃなかったよね！　で、でも……もしもそういう趣味があるなら、あたしにまず言って欲しかったよ！」

「えと、これは……なんていうか」

そうだ、アイリスだ。

こういうときこそ、アイリスに頼ればいいのだ。

ジークは一縷の望みをかけて、アイリスの方を——。

「うーん、本番出来なかったのは残念ですけど……うん♪　さすが魔王様！　先ほども言った通り、五百年分を埋めて有り余る濃密な精が吸えましたよ！」

と、余計に面倒くさくなりそうな発言をしてくれるアイリス。

彼女はジークの手錠をささっと外しながら、続けて言ってくる。

「いや〜やっぱり、吸精するとしたら魔王様以外にはあり得ませんよ！　魔王様のはこってりしてて、ぷるぷるしててこう……濃厚で舌触りがいいんですよね！」

「いやちょ……アイリス、あの——」

「それじゃあ私はもう寝るんで！　ありがとうございました！」

羽をぱたぱた、尻尾をふりふり。

アイリスは飛んで行ってしまう……残されたのは。

「それで、アルくんは何してたの⁉」

ぷんぷんモードのユウナだ。

ジークはとりあえず彼女をなだめるため、ありのままを彼女へ話す。

「俺はアイリスに《隷属の証》を刻んでて、それで――」

「《隷属の証》ってなに⁉」

「な、なんていうか……俺の奴隷になった証みたいな感じでだな――」

「それ、あたしにも刻んで！」

「……は？」

「いいから、それを早くあたしにも刻んで！」

事態はますます混迷化していくのだった。

第四章　少女の対抗心(たいこうしん)

時は『ユウナ奴隷宣言事件』から数十分後。

ジークはあれから、ユウナをなだめ続けていた。

そして現在。

「少し落ち着いたか？」

「う、うん……ごめんね、アルくん」

と、照れた様子のユウナ。

彼女はもじもじ、頬を染めながら言ってくる。

「隣(となり)の部屋に居たらなんていうか……その、エッチな音が聞こえて目が覚めたから、いてもたってもいられずに来ちゃった……」

なんだか、改めて言われるとものすごく照れる。

というか。

（隣の部屋まで聞こえていたって……この宿屋どれだけ部屋の壁薄(かべうす)いんだよ？　これ、絶

対に他の部屋にも聞こえてたよな）

そう考えると、なかなかに鬱になるものがある。

アイリスに合わせるにしても、もう少し静かにすればよかった。

もっとも、今更後悔しても遅いのだが。

「でも、アルくんが何ともなくて、本当によかったよ！」

と、ほっとした様子のユウナ。

ジークはその言葉がどうにも引っかかり、彼女へと言う。

「何ともなかったって、どういうことだ？」

「あ、えっと……ほら、アイリスさんは話した感じ、とってもいい人そうだけど――」

「淫魔だから、俺が襲われているんじゃないか……そう思った？」

「うん。疑おうとしたわけじゃないんだけど、やっぱり心配になっちゃって」

「いや、いいよ。俺を心配してくれたなら、嬉しい」

それに、ユウナが抱いている思いはジークにも責任がある。

なんせ、ジークはここまでユウナに何の説明もしていないのだから。

「ところでアルくん、今更なんだけどアイリスさんって誰なの？　なんでアルくんのことを、魔王様って呼んでるの？　それになんだか、アルくん……ちょっと雰囲気変わってるよね？　口調とか結構違うし……」

まるでジークの内心を読み取ったかのようなユウナの言葉。

ちょうどいい機会だ。

ジークは彼女へと、五百年前の出来事について。そして、最近起きたあらかたの出来事を全て説明していくのだった。

「とまぁ、俺が魔王と呼ばれている理由はそんな感じだ」

「えっと、じゃあジークくんって呼んだ方がいいのかな？」

と、ジークの隣に腰掛け、首をひょこりと傾げてくるユウナ。

ジークはそんな彼女へと言う。

「さっきも言ったけど、俺は完全にジークになったわけじゃない。アルだった時の記憶や感情も混在している。だから、呼び方は自由でいい――強制するほどのことじゃないからな」

「でも、ジークくんって名前の方がしっくりくるんでしょ？」

「それは、まぁ」

「じゃあ、ジークくんって呼ぶよ！　優しくて、勇敢なあなたにピッタリな名前だし！」

と、ころころ感情豊かな笑みを浮かべるユウナ。

けれど、彼女の笑みは唐突に終わる。

「ところでさ……ジークくん、すっごく話を逸らしてるけど、さっきは何してたのかな？」

と、まるでお面の様な、作られた笑みで言ってくるユウナ。

さっきのこと——間違いない。それはアイリスと王子様をめぐる一件についてだ。

（魔王の話をすれば忘れると思ったが、さすがにそう簡単にはいかないか）

というか、この感じからしてジークの作戦は完全に裏目に出たと言える。

なんせ。

「ねぇ、アイリスさんとしてたことを、うまーい具合に隠したってことは、やっぱり、あたしにバレたらまずいことでもしてたのかな？」

と、ユウナに不信感からくる怒りを抱かせてしまっているのだから。

これは早急に方針転換し、リカバリーをするしかない。

故に、ジークは覚悟を決め、洗いざらいユウナへと言う。

「さっきの話にも出たけど、アイリスはずっと俺の記憶と力と一緒に居てくれたんだ」

「五百年間、その《隷属の剣》のなかで守っていてくれたんだよね？」

「その通り。それで、アイリスは見ての通り淫魔——ユウナは淫魔の栄養源ってわかるか？」

「え……エッチな、こと……」

恥(は)ずかしいに違いない——具体的なことを言わないユウナ。

けれど、だいたいはその通りだ。

淫魔、サキュバスの栄養源とはすなわち——。

男性が持つエロの力。

すなわち、精力だ。

故にジークは以前、淫魔に吸精が必要不可欠と言ったのだ。

「サキュバスの吸精にはいくつか種類がある。一つは夢を介(かい)して、精力を吸引すること。そしてもう一つは——」

「さっきジークくんがしていたみたいに、お、男の子の種を直接その……と、取り込むこと？」

と、察しがいいユウナの言う通りだ。

けれど、ジークはここで気がついてしまう。

（よくよく考えるとこれ、どちらにしろユウナに引かれるパターンなのでは？）

なんせ、結局のところアイリスとそういう行為をしていたことは変わらない。

と、ジークが思ったその時——。

彼女は「なんだ……」と、安心したように溜め息をつき、ジークへと言ってくる。

「たとえ魔王と混じっても、ジークくんが意味もなくあんなことするのは、ちょっとおかしいなって思ってたんだよ」

「それは……信頼してくれてありがとう、っていうべきなのか？」

「ん〜、わかんない！」

と、再び弾けるような笑みを見せてくれるユウナ。

なんだかよくわからないが、安心してくれたようで何よりだ。

ジークがそんなことを考えていると、ユウナが再び言ってくる。

「でもさ、ジークくんって魔王になっても変わらず優しいんだね」

「俺が……優しい？」

「うん、とっても優しいよ。少なくとも、あたしが知っている他の誰よりも優しい」

「………」

そんなことを言われたのは初めてだ。

五百年前のジークはどうだっただろうか。

と、ジークがそんなことを考えようとしたその時。

「だってさ、さっきの話を聞く限り、アイリスさんのために吸精を手伝ってあげたんだよね？　ジークくんだって、色々あって疲れているはずなのに……それって、ジークくんには思いやりがあるってことだよ！」

と、ユウナがそんなことを言ってくる。

ジークはそんな彼女へと言う。

「さっきも言った通り、あいつは五百年も俺を待ってくれた。だから、俺があいつに付き合ってやるのは当然のことで――」

「もう、それが思いやりって言うんだよ！　それに、ジークくんが優しいって証拠は、他にもあるよ――なにか、わかるかな？」

「他に、俺が優しい証拠？」

思い当たることと言えば、こうしてユウナに全てを話したことだ。

けれど、それは誠実というのであって、優しいとは違う気がする。

うんうんと考えるが、ジークはいっこうに答えを出すことが出来ない。

すると。

「はい、時間切れ！　それじゃあ答えを教えてあげるね！」

と、言ってくるユウナ。

彼女はジークの手の上に、自らの手を重ねながら続けてくる。

「ジークくんはあたしを助けてくれたから……あたしのためにエミール達に立ち向かってくれたから。あの時のジークくん、とってもかっよくて、優しい感じがしたよ」

「あれは……あの時も言ったが、ユウナの為にだけやったわけじゃない」

「さっき言ってた『現代の勇者が目障りだから』って奴かな？」

「あぁ、そうだ。俺は『俺を倒した伝説の勇者ミア』の名を汚す『今の勇者』が、どうしても許せない。俺のライバルを、奴をライバルと思っている俺自身をもバカにされている気が――」

「ジークくんがイライラしているのってさ、本当にそこなのかな？」

それはいったいどういう意味だ。

と、ジークが言葉にする前に、ユウナは再び言ってくる。

「ジークくんが憧れてるお父さんは、ずっと『人のため』を貫きとおしたんだよね？」

「…………」

「今の勇者と冒険者は、困っている人からも大金を取ることしか考えていない。それどころか、盗賊まがいのことをする人達も沢山いる……それでも、ジークくんのお父さんは、最後まで無償で、人助けを続けた」

「つまり、俺が怒りを感じているのは――」

「現代の勇者達が人々を苦しめているからじゃないかな？　苦しんでいるのに手を差し伸べないで、踏みつけにするようなことをしているからじゃないかな？」

そんなこと、考えたこともなかった。

いや、アルだった時は考えていたかもしれない。

そうだ、冒険者アルは常にそう考えていた。

だったら、そのアルと交じりあったジークも当然――。

「ジークくんはさ、とっても優しいんだよ。エミール達に立ち向かった時も、きっと本当はあたしのために怒ってくれたんだよ……とっても優しくて、とっても勇敢な人」

と、ユウナは徐々に顔をジークの方へと寄せてくる。

「ユウナ？」

「女の子はね、そういう男の子のこと……簡単に好きになっちゃうんだよ？」

ユウナがそう言った直後、ジークの唇に触れる柔らかな感覚。

同時、首と背に回される細く柔らかい腕。

「んっ……キス、しちゃったね」

と、悪戯っぽい様子で言ってくるユウナ。

彼女は自ら服を脱ぎながら、さらにジークへと続けてくる。

「ジークくん……あ、あたしの身体、どうかな？」

「あ、あぁ……綺麗だ」

ジークは湯だった頭でなんとかそこまで言うのだが。

(何を緊張しているんだ俺は⁉　アルと混じったせいなのか⁉　この程度のことは、五百年前に何度もあっただろ！　それについさっき、これ以上のことをアイリスとしたばかりだ！)

なのに、何故か目の前のユウナをまともに見ることが出来ない。

ものすごく照れくさい、まるで心だけ少年に戻った気分だ。

ジークがどうしたものかと、逡巡していたその時。

ピトっとジークの手に触れる感覚。

ぐぐっと、誘導されるジークの手。

その直後――事件は起きた。

もにゅほわん。

ジークの手のひらに、何か柔らかいものが収まったのだ。

その柔らかいものの先端には、自己主張する様にコリコリと硬い突起が付いている。

ジークが柔らかいものの正体を探ろうと手を動かす度、その突起はどんどん固くなる。

しかもその突起がジークの手の平にこすれる度に――。

「じ、ジークくんっ……そんなに強く擦っちゃだ、だめ……だよ」

そんなユウナの艶やかな声が聞こえてくるのだ。

この突起の正体は何なのか。そして、この柔らかい物の正体はなんなのか。

ジークは魔王としての好奇心で探求を続ける。

「んゅ、あっ……ジーク、くん……すご、い」

と、身体をピクンピクンと揺らすユウナ。

彼女はジークが手を動かす度に、連動するかのように言ってくる。

「んぁ……っ。で、でも……そんなに激しくされると、あ、あたし……っ！」

同時、ジークの手のひらにある突起が最大限膨らみ、硬くなる。

結局、この突起はなんなのだろうか。

ジークが純粋な探求心の延長上、ついにその突起を優しくつまんだ瞬間だった。

「じ、ジークくんっ……そ、それっ！　んっ——あたし、あたしもう、我慢できな——〜〜〜〜〜〜〜〜〜〜〜〜〜〜〜〜〜〜〜〜〜〜〜〜〜〜〜ッ！」

ピクンピクン。

パタリ。

ユウナはベッドに倒れたまま、動かなくなってしまう。

（いや……何やってんだ、俺）

これは確実にやり過ぎた。

ジークはすぐさま、彼女に声をかけようとする。

だが——。

「ジークくん……いい、よ？」

と、涙混じりの視線をジークへ向けながら、言ってくるのはユウナだ。

彼女は露に濡れた肢体を時折ピクンと震わせながら、ジークへと更に続けてくる。

「あたし、ジークくんが助けてくれたお礼がしたいの……だから、その」

「お礼？　エミールのことなら、別に——」

「お願い、ジークくん……あたし、ジークくんに使って欲しい、な」

と、ユウナは目を逸らしながら言ってくる。

そんな彼女はジークへと言葉を続けてくる。

「あたしの身体……ジークくんが好きなようにして——滅茶苦茶にされてもいい、から」

ジークはバカではない。

ユウナの言いたいことは、理解できている。

そして、女性にここまで言わせた以上、どうするのが正解なのかも。

故にジークは——。

「俺はユウナのことを、滅茶苦茶になんかしない」

言って、ジークはユウナの双丘へと手を伸ばす。

「んっ」

と、ユウナの艶やかな声。

同時感じるのは、さきほど同様の柔らかな感触。

しかし、今回はそれとは明確な違いがあった。

ユウナの胸を揉みこむたび、増していく彼女の身体の熱。

さらに手のひらに直接当たるのは、彼女が興奮している証――固くコリコリとした突起。

そして何より――。

「んっ、くぅん……っ！」

と、見て分かる程に息を荒くするユウナ。

彼女も興奮しているに違いない。彼女の身体は徐々に汗ばんでいるのだ。

結果、彼女の乳も汗露に濡れ、ジークの手に吸い付いて来るのだ。

ユウナの胸を揉みこめば、たしかな弾力で押し返そうとしてくる。

ユウナの胸から手を引こうとすれば、きゅっと手のひらに張り付いてくる肉厚。

間違いない。

これは真理だ。

と、ジークがそんなことを考えたその時。

彼はその探求心から、もう一段階上を試したくなってしまう。

故にジークはユウナへと——。

「いいよ……ジークくんになら、何をされても」

と、ジークが言う前に言ってくるユウナ。

ジークはそんな彼女に頷いた後、王子砲を起動させる。

続けて、ジークはユウナの双丘を左右から押して寄せる。

まだ終わりではない……ジークはそんな双丘の谷間に、王子砲をインさせる。

要するにこれ、パイ〇リだ。

さて、ここまでくればあとは簡単。

ジークはユウナの胸を揉み寄せながら、王子砲を自ら動くことによってシゴキ上げる。

それはユウナの胸を道具の様に使う背徳的な行為。

しかし、彼女の胸はどうしようもなく優しく、王子砲を包んで来る。

ユウナの汗による適度な湿り気、そしてジークの思い通りの締め付け。

さらには——。

「はぁ、はぁ……んっ、ジークくんの、こすれて……とっても熱い、よ？」

と、ジークに使われるままのユウナ。

彼女はジークが胸を揉み拉くたび、ジークが王子砲を突き入れる度に――。

「んっ……あっ、ジークくんの、すご――っ!!」

と、ユウナは息を荒くし、身体をピクピクと揺らすのだ。

それが何とも可愛らしく、ジークの王子砲をより元気にさせる。

と、その時。

「ジークくん。ご、ごめんね……っ」

と、言ってくるユウナ。

彼女は何かを堪えるように、ジークへと続けてくる。

「あ、あたしもう……なんか、キちゃい、そうっ」

ジークはそんなユウナへと一度だけ頷く。

そして、彼はラストスパートとばかりに、彼女への攻めを強めていく。

より荒々しく胸を揉みしだき、王子砲を全力でユウナの胸へとうちつける。

その直後。

「ん、きゅっ――イ、クっ!!　じ、ジークくん……あ、あたし、あたし!」

と、体全体を揺らすユウナ。

彼女はもうどうしようもないと言った様子の表情で、ジークへと続けてくる。

「あたし、好き……ジークくんが、大好き……だからこのまま――っ！」

と、一際激しく揺れるユウナの身体。

それと同時、ジークは王子砲から白濁光線をユウナへ――その可愛らしい顔へと解き放つのだった。

…………。

……………。

………………。

全てが終わり、くたりとユウナがベッドに倒れてから数分後。

「えへへ……しちゃったね、こんな感じになるんだね――とっても気持ちよくて、幸せな感じ」

と、言ってくるのはユウナだ。

彼女は胸の前で祈るように手を組みながら、ジークへと言ってくる。

「ねぇねぇ、ジークくん。もう一つだけ、あたしのお願い聞いてくれる？」

「ユウナのお願い？　俺に出来ることなのか？」

「うん。ジークくんにしか出来ない事――あたしね、ジークくんの印が欲しいな」

「俺の、印？」

「うん……あたしがジークくん専用だっていう印、欲しいの」

と、ユウナは自らのお臍(へそ)の辺りへと手を置く。

これはつまり。

「《隷属(れいぞく)の証》……意味はわかっているのか？」

「うん、ジークくんならいいよ。あたしの全部、あげるから……」

と、儚(はかな)げな笑みを浮かべるユウナ。

ジークはゆっくりと頷き、《隷属の剣(けん)》をその手に取るのだった。

時はあれから数分後。

「えへへ、嬉(うれ)しいな……」

と、言ってくるのは、ベッドにちょこりと座(すわ)っているユウナだ。

彼女はシーツを身にまとい、自らのお腹(なか)をなでなでジークへ続けてくる。

「ねぇねぇ、これであたしってジークくんのものになれたんだよね？」

「あぁ、そういうことだ。そして、ユウナのあらゆる能力は俺も使えるようになった」

「そっか♪」

「……さっきから思っていたんだが、どうしてそんなに嬉しそうなんだ？」

アイリスのような脳みそお花畑ならばともかく、ユウナは普通の女の子だ。

そんな彼女が男の――それも魔王の奴隷にされたのだ。

常識的に考えれば、それは最悪レベルで嫌なことに違いないのだが。

「え、嬉しいに決まってるよ！　あたしはジークくんのことが好きだから」

と、ユウナはなおも言葉を続けてくる。

「ジークくんものになれたって印を刻まれて、嬉しくないわけがないよ！　それに、これはあたしが望んだことだし！」

「そういう、ものか？」

「そういうものなの！　それに、これであたしもジークくんの役に立つし、置いて行かれずに済むかなって……」

「置いて行かれずにって……俺は最初からユウナを置いていくつもりなんかない」

きっと、ユウナはジークがアイリスと二人で旅立ってしまうと思ったに違いない。

けれど、どう考えてもユウナを置いていくことは非合理的なのだ。

なんせ。

（あんな一件のあとじゃ、ユウナも確実に冒険者ギルドにマークされる。あいつらに捕ま

ったら、どんな目にあわせられるかわかったものじゃない）

ようするに、ユウナを今一人にするのは危険すぎるのだ。

「それに、俺はユウナのことを役立たずなんて思ったこと、一度もない。いつも俺を庇ってくれたし、いつも傍にいて元気づけてくれた……そんな人を置いていくわけがない」

「そっか……うん、そっか♪」

と、嬉しそうなユウナ。

しかし、ジークはここでとあることに気がついてしまう。

「ん、その手の甲──右手のそれは？」

「え、これ？」

と、ユウナが見せてくるのは、薄っすらと輝く紋章の様な金色の痣だ。

彼女はその痣を撫でながら、ジークへと言ってくる。

「なんだか生まれつきあるんだ、これ。普段は見えないんだけど、魔力を使ったり感情が昂ったりすると、薄っすらと今みたいに見えるんだ」

「…………」

「でもどうして？　興味あるの？」

「いや……これは、そんな」

「?」

ひょこりと首を傾げているユウナ。

けれど、ジーク自身衝撃が強すぎて、説明している余裕がない。

なぜならば。


ユウナの右手の甲――そこにあるのは、真の勇者のみに現れる光の剣の紋章。

闇の紋章と対を成す、光の紋章に間違いないのだから。

（そうだ、ミアにも、この光の紋章は刻まれていた。たしか俺が昔読んだ書物によると、この光の紋章には――）


世界がどうしようもなく乱れ、人々が危機に陥った時。もっとも綺麗な心を持つ者に、この光の紋章は現れる。

そして、この紋章が現れた者はいずれ凄まじい力を手にし、世界を救済する。

（俺の記憶が正しければ、そんな意味があったはず）

つまり、ユウナは真の勇者ということになる。

伝説の勇者ミア・シルヴァリアの末裔といった、血筋だけのなんちゃって勇者ではない。

いずれミアと同格になる選ばれし存在。

(今の世の中は勇者の末裔と、冒険者達のせいで乱れきってる。そこに魔王である俺も転生したとなれば、光の紋章が現れる条件は整ってるか……ん、待てよ)

ジークはここでふと、かつてユウナから聞いた言葉を思い出す。

『このネックレスの所有者は常に世界の平和を見守って、もしも世界が乱れた時は立ち上がらないとダメなんだって』

『最初の所有者は、とってもすごい人だったんだって。特別な力を持っていて、その力を人を救うためだけに使った人……その命が尽きるまで、世界の平和を守った人』

「なるほど、そういうことか」

ユウナが言っていたことは、勇者の力の継承のことだったのだ。

さすがは伝説と呼ばれる勇者、ミア・シルヴァリア。

彼女は世界が再び乱れた時を想定して、後継者を残しておいたのだ。

そして当代——世界が最も乱れた時代に産まれたユウナ。

彼女が光の紋章を宿し、真の勇者として覚醒し始めているというわけだ。

（俺を倒した奴だけあって、あとのことも抜かりない……称賛以外の感情が出てこない。だけど、本当に残念だ）

今の時代に蔓延る似非勇者。

血筋というだけで偉ぶり、悪逆非道を働く偽物共。

（ユウナが伝え聞く伝承によると——真の勇者は俺を倒した後も、死ぬまで世界のために尽くしたんだ。まぁ、あいつは正義感の塊だったし、正義を貫く強さを誰よりも持っていた……なんせ、俺を倒したくらいだ。そういう生き方をして当然か）

けれど、その生き方の結果がこれ。

まるで報われていない。

作り上げた平和を、自らの子孫によって壊された真の勇者。

バカみたいだ。完全なる間抜け。

（だからこそ許せない……この時代の勇者たちが）

それにしても、ジークとしてはここに来て余計にやる気が出た気分だ。

これはある意味、敵討ちにもなるのだから。

（この時代の勇者を絶滅させることは、きっとミアのためにもなる）

ジークは五百前、真の勇者ミアに負けた。

であるなら、この世界は勝った者の望み通りになっているべきだ。

（平和にするとか、幸せな世界にするとか……そこまでは面倒みれないが、敗者の務めとして、やることはやってやろう）

ミアの理想を汚す現代の勇者。

やはり奴らは絶滅させる。

（なによりミアを汚すほどに弱く、私欲にまみれたあいつらは――待て、待て待て待て）

ここでジークは再び気が付く。

それがどんなことかと言うと――。

まず、ジークは現代の勇者にあらゆる意味で失望している。

代表的なもの二つは――ミアを汚している点。そして、わざわざ復活したジークを、まるで満足させられない実力しか持っていない点。

ジークはこれらを解決する唯一の方法を思いついてしまった。

（だったら俺の手で、俺のライバルに相応しい勇者を育てればいいのでは？）

雑魚(ざこ)勇者を間引きつつユウナを育成していけばいい。

そうすれば最終的に残るのは、真の勇者として覚醒したユウナに違いないのだから。

「これは……」

控(ひか)えめにいって、完璧(かんぺき)なのでは？

「そうだ、これで行くしかない！　これならば俺のためにも……そして、五百年前のあいつのためにもなる！」

「じ、ジークくん⁉　急に黙(だま)ったと思ったら、いきなりどうしたの！　大丈夫(だいじょうぶ)⁉」

この日、ジークは未来の真の勇者に心配されながら、唯一の希望を見出(みいだ)すのだった。

第五章　圧倒的（あっとうてき）な力の差

翌日、早朝。

場所は変わらず宿屋——その食堂。

現在、ジーク達は朝食を取りながら、話し合いをしていた。

主な議題は、昨夜二人とした話を、改めて共有するといった形だ。

そして、ジークはもうすでにあらかた話し終えたところ……なのだが。

「なるほど、闇の紋章があれば、宿魔人（しゅくまじん）かどうか簡単に見極（みきわ）められる。それを利用して、とりあえずは仲間集めをしようというのは理解できました——実際、ホワイト・ルナフェルトの宿魔人あたりを仲間にできれば、百人力ですからね」

と、ジークの向かいの席から言ってくるのはアイリスだ。

彼女はもぐもぐと、朝からお肉を頬張（ほおば）りながら、ジークへと続けてくる。

「それが昨日、私に襲われる前に言いたかったことですか？」

「あのなアイリス……頼（たの）むから、こういう場所で普通のトーンでそういうことを言わないでくれ」

「え～いいじゃないですか～♪　魔王様と私の蜜月、色々な人に教えちゃいましょうよ！」

「ダメだよ、アイリスさん！　ジークくんが困ってるよ！」

と、ジークに加勢してくれるのは、彼の隣に座っているユウナだ。

アイリスは「むぅ～」っと口をとがらせた後、ジークへと再び言ってくる。

「それで魔王様。宿魔人に過去の記憶と力を取り戻させるのは、どうするんですか？」

要するに、アイリスが言いたいのは、こういうことに違いない。

宿魔人はそのままだと、精々普通より魔力が強いくらいの人間。

ジークの様に《隷属の剣》の仕掛けで、一手間費やさなければ記憶も力も戻らない。

なのに、どうやって宿魔人に記憶と力を取り戻させるんですか。

正直言って、このアイリスの質問。

「ものすごくいい質問だ」

「え～もう♪　やだ～、褒められちゃったじゃないですか～♪」

と、くねくねし始めるアイリス。

ジークはそんな彼女へと言葉を続ける。

「そこは魔王としての特性を頼ろうと思うんだが、アイリスはどう思う？」

「魔王としての特性って……あぁ、触れた魔物の力をしばらくブーストするやつですか？」

「そう、あれを使えば宿魔人の中に眠る『魔の部分』を増幅させることが出来ると思ってる。そうすれば、かつての記憶と力も何等かの刺激を受けるんじゃないか？」

「なるほど。闇の紋章が現れるのは、強すぎる『魔』が転生後も残っているからだと言われています。そこを強めれば『魔』が『今』を侵食する可能性は充分ありますね」

と、シャキッと参謀らしい顔つきのアイリス。

こういう時のアイリスは、本当に頼りになる。

現在、彼女は本をじっと見おろし、一人何かを考えている。

きっと、先ほどジークが考えた案をふまえ、何かの参考書を読んでいるに──。

「この体位……今度、魔王様とのプレイで試してみますか」

と、一人呟くアイリス。

彼女が読んでいるのは、男女が仲睦まじくしている本だった。

どうやら、ジークはまだまだ部下のことを理解できていなかったようだ。

と、ジークがため息を吐いたのに、気が付いたに違いない。

アイリスはピクンっと体を揺らし、すぐさまジークへ話しかけてくる。

「あ、別に魔王様と合体することだけ考えてたわけじゃないんだからね！　勘違いしないでよね！」

「なんだ、その口調……」

「え、魔王様知らないんですか!?　ツンデレですよ、ツンデレ！　とりあえずこの口調をしておけば、男はみんなイチコロなんですよ！」

初耳だ――アイリスはいったいどこから、こういう情報を仕入れてくるのか。

と、ジークがそんなことを考えていると、彼女は再びジークへと言ってくる。

「ところで魔王様！　宿魔人のことは納得しましたよ！　っていうか、魔王様の素晴らしい作戦とお考えに、尊敬感激同調の雨嵐ですよ……でも！」

スビシ！

っと、アイリスはジークの隣に座るユウナを、まっすぐに指さす。

ユウナがいったいどうかしたのだろうか。

ちなみに彼女は絶賛、朝食のサラダを食べており、特におかしなことはしていない。

実際、当のユウナもきょとんっといった様子で、アイリスを見ている。

「そんな顔しても私は騙されませんからね！」

と、一人ボルテージを上げているアイリス。

彼女はユウナを指さしながら、ジークへと言ってくる。

「ユウナを真の勇者にするってどういうことですか⁉」

「あー、なんだ。そのことか——どういうもなにも、話したままの意味だ」

「そうなんですよ！　そのことなんですよ！　話したままじゃ理解できないんですよ！」

バンバン。

バンバンバン。

っと、テーブルを両手で叩きまくるアイリス。

彼女はさらにジークへ続けてくる。

「どこをどう捻ったら、ユウナが光の紋章の持ち主で、将来勇者になるって話が出てくるんですか⁉　いいですよ、別に！　真の勇者を作り出して、魔王様がそれを倒す——その計画自体は大賛成ですよ⁉」

「じゃあ、アイリスは何がそんなに引っかかっているんだ？」

「魔王様の話を疑うわけじゃありません！　でも、こんなひょろっちいのが、魔王様を楽しませる勇者になるなんて、信じられないんですよ！」

おほんっと、一拍おいてアイリスはさらに続けてくる。

「率直に言いますよ、魔王様。真の勇者詐欺にあっていませんか？　偽の光の紋章翳して『ほらほら、俺が真の勇者だぜ！』的な奴ですよ！」

「あ、あたしはそんなことしないよ！」

と、思わずといった様子で言い返すユウナ。

けれど、これはユウナの方が正しいに違いない。

ユウナがそんなことをする人間でないというのもあるが、判断材料は他にある。

「多分だが、現代の人間は真の勇者について——光の紋章について知らない。だから、詐欺をしたくても詐欺のしようがない」

「それは、おかしな話ですね？　五百年前は光の紋章が現れれば、人間たちは四六時中お祭りレベルの騒ぎだったじゃないですか。世界を救う勇者が現れたって」

と、言ってくるアイリス。

ジークはそんな彼女に頷いたのち、アイリスへと言葉を続ける。

「隠しているんだよ。俺はアルとして、この世界を十七年生きてきたわけだが、光の紋章については一度も聞かなかった」

「そんなこと、ありますか？　五百年前なら誰でも知っているレベルでしたよ」

「五百年の間に情報統制したんだろうな。『光の紋章がある者が真の勇者』なんて情報があったら、『勇者の末裔も勇者を名乗る』っていうのがおかしくなってくるからな」

そうなれば、現代の勇者があそこまで幅を利かせることは出来ないに違いない。

長い時間をかけて、奴らは伝説の勇者ミアの記録を一部改竄したのだ。

「あはは！　なんだ、じゃあ今この世界に居る勇者は、全員パチもんじゃないですか！」

アイリスの言う通りだ。そして、奴らは先祖を汚す最悪な輩だ――本当に許し難い。

と、ジークがそんなことを考えていると。

「あ、あのさ……ジークくん」

と、おずおずといった様子で手をあげるユウナ。

彼女はそのままの様子でジークへと続けてくる。

「二人の話を聞いている限り、あたしが本物の勇者……なんだよね？」

「あぁ。勇者ミアにも、ユウナと同じ光の紋章があったからな。それに、さっき話した通り五百年前――光の紋章は、すごく有名だったからな……間違えるはずない」

それこそ、人間だけでなく魔物側の書物にも残るほどに。

だからこそ、ジークは昨晩すぐに気が付いたのだ。

「あたしなんかが、本当に勇者なのかな……」

ジークはそんなアイリスを見て、彼女が言いたいことをようやく理解する。

故に彼は彼女をフォローするために言う。

「大丈夫だよ、必要なことは俺が色々教える。それに、真の勇者になるには、様々な試練をこなして力を覚醒させる必要があるんだ――少なくともミアは、試練をこなす度にどんどん強くなった」

「そうじゃないよ！　真の勇者っていうのが、誰よりも強くて優しい人のことなら……この紋章が現れるべきなのは、真の勇者はあたしなんかじゃなくてジ――わふっ⁉」

「ユウナはさっきから気にしすぎだ。俺の目に狂いはない、ユウナなら立派な勇者になれる。だから、当面は仲間を集めつつ、ユウナが真の勇者として覚醒できる方法を探そう」

「きゅ、急に頭を撫でるのは卑怯だよ！」

「まぁとりあえず、ユウナは気にしないで大丈夫だ」

「なんだか丸めこまれた気がするけど……でもあたし、ジークくんのためなら頑張るよ！　けど、もしあたしが真の勇者として覚醒して、ジークくんと戦うことになっても、殺し合いにはしないからね！」

「あぁ、わかってる。俺もユウナと殺し合うのは御免だ。だから、その時は全力で試合をしよう。魔王と勇者の世界をかけた試合――面白そうだろ？」

とまぁ、そんなこんなでジーク一行の今後の方針が決まったのだった。

最初の目標はとりあえず、勇者の力を目覚めさせる試練の場を見つけることだ。

時はあれから数時間後――ジーク達は朝食後、宿屋のあった村で少し時間を潰し、数分前に村を出発したところだ。

そうして現在の時刻は昼、場所は件の村から少し離れた道。

「村の人達、とっても優しかったね！」

と、言ってくるのはユウナだ。

彼女がそう言う理由は簡単だ。

『この村には滅多に人が来ないから、これお土産……持ってきな！』

『あ～居た居た、まだ村を出てなくてよかったよ！　ほら、あんた達のお昼ごはん――作ってあげたから、みんなで食べるといいよ！』

『兄ちゃん達！　またこの村によってくれよな！　約束だからな！』

以上、ジーク達が村を出る時に、村の人たちがかけてくれた言葉だ。

もちろん、これだけではない――様々な人がジーク達へ声をかけてくれた。

故に、ジークは先のユウナの言葉に応える。

「あぁ、まぁそうだな」

「ジークくん、ちっちゃい男の子にすごい懐かれてたよね！」

「うぐっ……あのくらいの子供は、かなり苦手なんだがな」

「やっぱり子供はわかるんだよ！　ほら、ジークくんってあの子の質問に、一つ一つ誠実に答えてあげてたでしょ？　子供だからって適当にしないで、一人の人間として誠実に」

「まぁ、子供だからって理由であしらわれたら嫌な思いするからな、普通」

「そういう気づかい、誰でも出来るわけじゃないよ……ジークくんの優しいところだね！」

と、ニコニコと笑うユウナ。

どうしてユウナは、ジークがいい事？をするとこんなにも嬉しそうなのだろうか。

そういえば彼女は昔からそうだった。

ジークが褒められたりすると、ユウナもものすごく喜ぶのだ――まるで、自分が褒められたかのように。

（まったくもって謎だ。でも、ユウナが嬉しそうなら、それはそれでいいんだけど……にしても俺、そんなに優しいのか？　子供だって人間なんだから、人格を尊重するのは当た

り前だと思うんだが）

と、ジークがそんなことを考えていると。

「ねぇねぇ、アイリスさん！　さっきから気になってたんだけど」

ユウナがアイリスへと話しかける。

彼女はとことこアイリスへと近づいてくと、言葉を続ける。

「アイリスさんって、魔物だよね？」

「え……ユウナってば、目がおかしくなったんですか⁉」

と、アイリスは羽をパタパタ、尻尾をふりふりユウナへと言う。

「ユウナはこの立派なサキュバスの証が、目に入らないんですか？　ほら、立派な角も生えてますよ！　おっと！　触るのはＮＧですよ！　ここに触っていいのは魔王様だけです！」

「えっと……だからこそなんだけど」

「ん？　どういうことですか、よくわかりませんね」

「魔物のアイリスさんが人間の村に居たのに、村の人が誰も驚いてなかったから」

「あぁ～なんだ、そういうことですか！　最初からそう言ってくださいよ！　も～う、ユウナは言ってることが難しいんですよ、このこの～！」

「ひゃ、きゃっ⁉」

「お、なかなか柔らかい胸をお持ちですね！」

「んっ……や、やめっ——そ、そんなに、揉まない、で！」

無心、無心でいよう。

ジークは耳からの情報を頑張ってシャットアウト。

代わりに、先のユウナの質問に自分の心内で答える。

（たしか、精神操作魔法を使って『アイリスが人間に見える』ように、人の思考を操ってるんだったな）

ようするに、あの村の人にはアイリスが普通の村娘に見えていたわけだ。

当然、角も尻尾も羽もなければ、衣装もあんな露出過多には見えないに違いな——。

「ジークくん、大変！　あれ！」

と、ジークの思考を現実に引き戻すユウナの声。

その声は半ば悲鳴染みており、どう考えてもただごとではない。

考えたくはないが、アイリスが昼間っからいきなり吸精した可能性もある。

ジークはそんなことを考え、声がした方を振り返る。

そして、ジークは事態が冗談では済まないレベルだと理解した。

それに。

遠目に火が見えることからも、尋常でない何かが起きたのは明らかだ。

先ほどまで居た村から、黒煙が立ち上っていた。

（これは……悲鳴と怒号？　まさか村が何者かに襲われたのか⁉）

「ジークくん！　早く助けに戻らないと！」

と、ジークに駆けよりながら言ってくるのはユウナだ。

一方、アイリスはというと。

「お～お～、燃えてらぁ……」

ものすごくどうでもよさそうだった。

それどころか、アイリスは続けてジークへと言ってくる。

「どうします？　結構綺麗ですし、ここでお昼でも食べましょうか！」

「もう！　どうしてアイリスさんは、そういうこと言うの⁉」

と、ジークより先にアイリスへ言うのはユウナだ。

当のアイリスは、そんなユウナへと答える。

「え～、だって人間とか興味ないですもん！　いいじゃないですか、少しくらい死んでも」

「違うよ！　数の問題じゃない！　あの村の人たちは、あたし達に親切にしてくれたんだよ⁉　そんな人達があんな目にあってるのを、放ってなんかおけないよ！」

「わっかりませんね～。人間とかただの敵ですし、勝手に死んでどうぞとしか」

「あたしだって人間だよ！」

「いやだな～、ユウナは別ですよ！　魔王様にとっても大切ですし！」

と、アイリスはそこまで言った後、スキップでジークの方へとやってくる。

そして、彼女はジークの腕に抱き着きながら、言葉を続けてくる。

「そ・れ・にぃ～♪　魔王様も人間とか興味ありませんよね～♪」

「いや」

「ですよね！　……って、え？　いや⁉」

と、なにやら急にわたわたし始めるアイリス。

ジークはそんな彼女へと言う。

「目の前で困っている人を見捨てたら、現代の勇者と同じだ。俺は現代勇者と、同レベルにはなりたくない。それに……俺はあの村の人達に世話になった。借りを作りっぱなしで逃げるのは、魔王の流儀じゃない」

「ジークくん！」

「え、それってつまり、どういうことですか？」

と、それぞれ順に言ってくるユウナとアイリス。

ジークはそんな二人に改めて言うのだった。

「村に戻ろう」

そうして戻ってきた村。

結論から言うと、そこは酷い状況だった。

「これは……」

ジークが一晩泊まった宿屋は、中も外も燃え盛っている。

中の人が逃げられたかは不明だが、もう宿屋を再開することは不可能に違いない。

もちろん、被害はそれだけにとどまらない。

村のいたる所が荒らされ、火が放たれているのだ。

しかも。

「じ、ジークくん……あれ」

と、ユウナが指さした先。

そこにはかつて人間だったものが、数体今も火に炙(あぶ)られている。

(胸が、どうしようもなくザワつく。この感覚はなんだ？)

と、ジークがそこまで考えたその時。

「おら！　もっと気合い入れて逃げないと死ぬぞ、こら！」

「ひゅっ……ひゅっ……！」

聞こえてくるそんな声。

ジークがそちらを見ると、盗賊(とうぞく)らしき男が傷だらけの少年を追い回していた。

しかも盗賊はただ追っているわけではない——投げナイフを片手に持っているのだ。

さらに、よく見ると少年の肩(かた)や脇腹(わきばら)には、そのナイフが刺(さ)さっている。

つまり、盗賊は少年を的に見立てて、投げナイフでゲームをしているのだ。

(なるほど……実にくだらない)

と、ジークは足元に落ちていた小石を拾う。そして、盗賊の頭に向け小石を弾く。

すると。

「ぶぼっ⁉」

と、小石が顔面にクリーンヒットし、勢いよく吹っ飛ぶ盗賊。

「ユウナ、今のうちにあの子を頼む」

「う、うん！　わかってる！」

と、少年の方へ駆けだすユウナ。

一方、先ほどの吹っ飛んだ盗賊は、ふらつきながらも立ち上がってくる。

そして、奴はジークの方を睨みながら言ってくる。

「てめぇ！　どういうつもりだ！　自分が何したかわかってんのか⁉　俺はあの大、魔、法、使、い、ブ、ラ、ン様率いる白竜傭兵盗賊団の――」

「知らないけどさ、随分変わった遊びをしていたな……俺とも遊んでくれよ」

「てめぇ、いったい何ふざけたこと――」

「下位闇魔法《サクリファイス》」

「は？　何やってんだてめぇ。俺に手を翳していったい何の――」

と、そんな盗賊の言葉は途中で止まる。

その理由は簡単だ。

盗賊の鼻先を掠めるように、地面から漆黒の槍が生えて来たのだから。

「は、ひ？」

と、呆然と言った様子で固まる盗賊。

けれど、ジークの攻撃はまだ終わっていない。

「でたぁああああ！　魔王様の十八番、《サクリファイス》！　本来なら槍を一本生やして終わりのところ、尋常ならざる魔力を持つ魔王様が使うそれは、相手を串刺しにするまで槍が生え追い続けるぅうううう！」

アイリスがそう言った直後、盗賊の真下から生えた槍が奴を串刺しにする。

「あ、か――」

と、震える盗賊。

次第に奴はどんどんしぼみ始め、最終的にミイラのようになってしまう。

「説明しよう！　《サクリファイス》は攻撃魔法として使えるだけでなく、対象の体力を吸いとる回復魔法としても使えるのである！」

と、エア眼鏡をくいくいしているアイリス。

彼女はそのまま誰にともなく、一人で言葉を続ける。

「《サクリファイス》は幻影の槍。そのため串刺しにされても死ぬことはありません。なんせ、効果は生命力を吸い取ることですから。ので、普通の《サクリファイス》はさっき言った通り、槍が一本出るだけなのと、体力をある程度削って終わりです……しかし！」

パタパタとジークの周囲を旋回するアイリス。

彼女はジークへと言ってくる。

「さすが魔王様ですよ！　体力をある程度削るどころか、全部吸い取ってるじゃないですか！　凄まじい威力です！　これでも手加減してるんですよね⁉」

「あぁ……」

全力でやれば、槍を複数一気に出すことも可能だ。

それに、全力の《サクリファイス》は相手を風化させてしまう。

けれど、それら二つをするのは、先ほどの攻撃の意図には添わないのだ。

なんせ――。

「でも残念でしたね、魔王様……」

と、しょんぼりした様子のアイリス。

彼女はそのままジークへ続けて言ってくる。

「本当はあれですよね？　槍を何度も避ける様を見て、楽しもうとしていたんですよね？　いや～まさか、この盗賊の反応がここまで鈍いとは思いませんでしたよ！」

別にジークは楽しもうとしたわけではない。

しいていうならば、盗賊にあの子と同じ——逃げる恐怖を味わわせたかっただけだ。

アイリスの言う通り、見事に失敗したわけだが……しかし。

「どうやらまだ終わってないみたいだ」

「ふぇ？」

と、アイリスが首を傾げたその時。

「おいてめぇ！　俺達の仲間を殺しやがったな⁉」

「こいつが例の自称魔王野郎か⁉　終わったぜてめぇ……俺達が誰だかわかってんのか？」

「俺達は白竜傭兵盗賊団！」

「かつて国をも落とした最強無敵、伝説の盗賊団だ！」

と、口々に言いながら現れる盗賊達。

その数はざっと見たところで二十人を超えている。

「国を落とした？　おかしいな……そのくせ、この程度の村を落とすのに二十人って……笑えるよ、お前ら」

そんなジークの言葉に対し――。

「な、なんだと⁉　殺すぞてめぇ！」

「俺達はそれぞれ、盗賊になる前はその道のトップだったんだぞ！」

「そうだ！　俺は不正が見つかるまでは、騎士団最強と言われた剣の使いだったんだ！」

「まさかてめぇ、コロシアムの悪魔と恐れられた俺を知らねぇのか⁉」

と、思い通りの反応してくる盗賊達。

ジークはそんな彼等へと続ける。

「戦闘の勘を取り戻したいと思っていたんだ。ちょうどいい……相手をしてやるから、さっさとかかってこい。安心しろ、すぐに終わらないように手加減はしてやるからさ」

手加減、手加減……。

いい感じの手加減は、そうだな。

「この場から一歩も動かず、前衛職には魔法も使わない……他にリクエストはあるか？」

「「「「「っ！！！！！！！」」」」」

直後、盗賊の過半数――前衛職の奴らが、一斉に襲いかかって来る。

同時、奴らの剣や短剣がジーク目がけて振り下ろされるが。

「論外だな……やはり、俺にダメージを与えうる攻撃はないか」

これでは、戦闘の勘もクソもない――もう戦う意味はないに違いない。

ジークはそう考えたのち、力を込めて地面を踏みつける。

その直後――。

踏みつけた個所を中心――広範囲に凄まじい震動が起こる。
同時、次々に隆起していく地面。

「な、なんだこれ!?　地形が変わっていくだと!?」

「くそ!?　この威力と攻撃範囲……ま、魔法!?　さっき魔法は使わないって――」

盗賊達は口々に言いながら、消えていってしまう。

ある者は地割れの様に開いた隙間に落ちて行き。

またある者は、激しい勢いで隆起した地面に吹き飛ばされて。

そうして気が付くと、ジークの周りに居た盗賊剣士たちは誰もいなくなっていた。

「て、てめぇ！　この卑怯者！」

と、聞こえてくる後衛職の盗賊達の声。

ジークがそちらを見ると、彼等は更に続けてくる。

「魔法を使わないと言ったくせに、魔法を使うとは何事か！」

「さすが魔王を名乗る男……悪逆非道とはこのことだぜ！」

ジークは最初、彼等が何を言っているのか理解できなかった。

なんせ――。


「俺はただ右足を地面に打ち付けただけだ。魔法なんか使っていない」

「嘘を吐くな！　素手で地形変えられる奴が、いるわけねぇだろ！」

「そうだ、そうだ！　さっきのはどう見ても魔法だろうが！」

「上位土魔法《エクス・アース》！　間違いねぇ！　あの規模の破壊を魔法なしで出来るやつがいるわけねぇ！」

「もしそんなことが出来るとしたらな！　とっくの昔にこの世界は滅んでるんだよ！　ぶわぁ〜〜〜か！」

と、ジークの言葉を全否定してくる盗賊達。

盗賊達はジークの話など、聞く気がないに違いない。

「おい、やっちまおうぜ！」

「おうさ！　これでも俺は、かつて宮廷魔導士だったんだ！」

「エ、エ、エミール様直伝の最強魔法、見せてやるよ！」

「ひゃっはぁあああ！　城門すら砕く一撃を受けてみろぉおおおお！」

盗賊達は各々杖を取り出し、ジークへ向けてくる。

ジークとしては、約束を破ったと言われるのは不本意だ。

なんせ、この程度の奴らにそんな嘘をついたと、勘違いしてほしくない。

（まぁ言っても無駄か……それに、魔法の打ち合いをするのは嫌いじゃない）

同時、盗賊達の杖から無数の魔法が放たれる。

氷魔法、火魔法、水魔法、風魔法。

大小、様々な魔法がジークへと向かってくる。

それらは美しく、見ている分には胸躍るものであったが。

（やっぱりどれも下位魔法か……この時代の人間は、一人で上位魔法を使えないから、仕方ないことではあるが――まぁ勘を取り戻すためにも、精々手加減してやるか）

もっとも、盗賊達が殺した村人たちの手前、下手に生かすことはしないが。

と、ジークは右手を、飛来する魔法群へ翳し。

「下位闇魔法《シャドーレイン》！」

直後、空から降り注いだのは無数の影。

細かい針のような黒い雨が、飛来する魔法を次々に打ち消していく。

「バカな⁉ 見たことのない魔法だと⁉」

「この威力、間違いない！ これは上位魔法だ！ まさか勇者様とブラン様以外に、単独で上位魔法を使える奴が——そんな魔力と才能を持った奴がいるなんて！」

「しかも無詠唱でこの威力だと⁉ い、いったいどうやって——っ、いったい詠唱したらどんな威力になるって言うんだ⁉」

と、そんなことを言う盗賊達。

正直、ジークとしては衝撃を通り越して、何も言うことができない。

（おいおい、今のを上位魔法と勘違いするだけならまだしも……知らない？）

下位魔法《シャドーフレア》なんて、五百年前からすれば一般常識レベルだ。

それこそ、ジークにしてみれば『ドアの開け方わからない』と言われているに等しい。
(勘弁してくれよ、本当に……これじゃあ撃ちあいも期待できそうにないな)
ジークがそんなことを考えている間にも、彼等の攻撃は次々に続く。
彼等は時折、全員で協力して上位魔法も撃ってくれる。
だが、どれもが期待外れの威力。
所詮は盗賊、まともな魔法の応酬を期待したジークがバカだったのだ。
(まぁ、本当にごくわずかだけ、昔の感覚を取り戻せたことだ。そろそろ終わらせるか
……そうだな、こいつらには)
と、ジークは盗賊達に再び手を翳す。
そして――
「下位精神操作魔法《ナイトメア》」
直後、残っていた盗賊達の動きが止まる。
そうかと思いきや、彼等は次々に地面へと倒れ始めてしまう。
「おぉおおおお～～～～～～！　今のは《隷属の剣》で手に入れた、私の精神操作魔法じゃ

ないですか！　それでこそ奴隷が増えるほどに強くなる魔王様――さっそく使ってくれて、このアイリス……ものすごくテンションあがりましたよ！」

と、上空から言ってくるアイリス。

彼女は嬉しそうな様子で、ジークへと続けてくる。

「使ったのは対象に終わらない悪夢を見せ続ける魔法《ナイトメア》！　この感じは……えっと、さっすが魔王様ですね！　永遠に死に続ける夢をみさせていますね⁉」

「アイリスもさすがだな。俺がどんな夢を見せているか、一発でわかるなんて」

「あったりまえですよ！　精神に干渉するなんて、息をするようにできますので！　終わりがないのが終わり……それが、魔王様が盗賊に与える『村人達の命の対価』なわけですね？」

「う、ん？」

アイリスの言葉は一部不明な個所があったが、まぁだいたいそんな感じだ。

（盗賊達は村人の命をないがしろにした。だったら、ただ殺すだけじゃ物足りない……肉体が滅びるまで、精神世界で死に続ける苦痛を味わえばいい）

さて、なにはともあれ盗賊は片付いた。

あとはユウナと合流して――。

「お、おい！　て、てめぇ！　それ以上動くな！」

と、聞こえてくる声。

ジークがそちらを見ると、そこに居たのは。

「一歩でも動いたら、少しでも抵抗したらこいつの首にナイフを突き立てるぞ！」

と、村娘の後ろから組みつき、彼女を人質に取る盗賊だ。

仲間達が倒されている間、ずっと隠れて様子を窺っていたに違いない。

その戦法も、今している行為も……どちらもジークを不快にさせる。

(というか、そもそも最初から一歩も動いてないんだがな。もっとも、こんなやり方をしてきた以上、俺も少し方針を変えさせてもらうが)

ジークがそんなことを考えていると――。

「あははは！　勘弁してくださいよ！　魔王様が、人間の人質なんか気にするわけないじゃないですか！」

「な、なんだと!?　こ、こいつが殺されてもいいのか！」

聞こえてくるアイリスと盗賊のやり取り。

盗賊はアイリスの言葉でビビったのか、ジークへと言ってくる。

「さ、下がれ！　もっと下がれ！　俺から見えなくなるまで、後ろに行け！」

「おいおい、そんなに長い距離を後ろ歩きさせるなよ。いったい何分かかるのやら」

「う、うるせぇえええええええ！　ば、バカにしたな！　てめぇ、俺をバカにしたな⁉」

と、盗賊はビビり過ぎて精神が不安定に違いない。

盗賊はそのまま、人質の首にナイフを突き立てようとする。

だが――。

盗賊のナイフは、人質の首に刺さる手前でピタリと止まる。

その理由は簡単だ。

「な、なんだこれ⁉　なんだこれぇえええええええ⁉　か、体が……俺の体がぁあああああああああああああああああああああああああ！」

と、慌てた様子の盗賊。

ジークはそんな盗賊へと言う。

「下位闇魔法《メデューサ》――対象を石に変える魔法だ。これでお前の首から下を石にした。これで人質に手は出せな……」

ここでジークはとあることに気が付く。

盗賊は現在、人質を拘束したまま石になっている。

そのため、人質が拘束から抜け出せなくなってしまっているのだ。

であるなら仕方ない。

と、ジークは盗賊へと近づいていき。

「あぎゃぁあああああああああああああああああ⁉　俺の腕――俺の両腕が折れ、折れ折れ折れ折れ折れ――⁉」

聞こえてくる盗賊の悲鳴。

この盗賊、大げさなやつだ。

（体が石になっているんだから、腕をもがれたところで、痛みなんて感じるわけがない。どう考えても、ここまで叫ぶことじゃないだろ）

と、ジークはそんなことを考えながら、人質の少女を救出。

その後、彼女をアイリスへと託す。

さて、あと残っている仕事は――。

「た、助けて……う、腕……俺の腕……か、返して……」

と、泣きながら言ってくる盗賊。

ジークはそんな盗賊へと言う。

「お前らの仲間が、さっきエミールの事を話していた。率直に聞くけど、お前たちはエミールと繋がっているだろ？」

「っ……だ、だから、なんだ……それより、は、早く腕！」

「少しは隠せよ。そんなに自分が大事か？」

「あ、当たり前だ！　い、いいか!?　お、俺を殺せば大変なことになるぞ！　そ、そうだ！　俺が死んだら……白竜傭兵盗賊団本体が動く！　ぶ、ブラン様が絶対に――」

「そういうのはどうでもいい。勝手に喋るな、死にたいのか？」

ジークが言うと、ぶんぶん首を振る盗賊。

ジークはそんな盗賊へと言葉を続ける。

「そうだな……お前が全部話したら、命だけは助けてやるよ」

「ぜ、全部？」

「今回の件全部だ。特にエミールと繋がっているのかどうかとかな」

「そ、そうすれば……か、体も全部――」

「あぁ、安心しろ。何も心配することはない」

「あ、ありがてぇ……」

と、先ほどまでのブランへの態度はなんだったのか。

盗賊は次々に、聞いていて胸糞悪くなる話をし始める。

それはこんな感じだ。

昨晩、エミールから白竜傭兵盗賊団の首領ブランに依頼があった。

内容は――。

『きっとジークたちは、近くの村に泊まる。だから、村ごと焼き払って殺せ』

というもの。

けれど、到着するとジーク達はもう村を出ていた。

下っ端の盗賊達にとっては、とんだ無駄働きだ。

そこで彼らは、暇つぶしに村の略奪と破壊を楽しんだそうなのだ。

「カスだな」

「へ、へへ……こ、これからはなるべく心を入れ替えるよ」

と、媚びへつらった様子の笑みを浮かべてくる盗賊。

きっと、ジークに取り入ろうとしているに違いない。

（本当に不愉快なやつだな。話を最後まで聞くだけでも、かなり不快だったのに）

ジークはそんなことを考えた後、盗賊へと背を向ける。

そして、アイリスの方へと歩き出した直後。

「な、なぁ！　ちょっと待てよ！　お、俺のこと助けてくれるんだろ⁉　お、置いていかないでくれよ！」

と、言ってくる盗賊。

ジークは振り返り、そんな盗賊へと言う。

「ん、あぁそうだったな」

「お、おいおい困るぜ……早く治してくれよ！」

「あぁ、少しだけ待ってろ。すぐにお前の心配を取り除いてやる」

と、ジークは盗賊の方へと手を翳す。

すると、盗賊の周囲に漂いだすのは、闇色の霧。

それらは次第に、無数の剣へと変化していく。

「な、なぁ……ほ、本当に助けてくれるんだよな⁉」

と、言ってくる盗賊。

盗賊はジークと彼の使う魔法から、不穏な気配を感じたに違いない。

なかなかいい勘をしている。

「悪いな、あれは嘘だ——下位闇魔法《ペイン》！」

「は……ぎゃぁああああああああああああああああああああ⁉」

と、ジタバタしながら言ってくる盗賊。

盗賊の反応も当然だ。

なぜならば、その身体には無数の剣が突き刺さっているのだから。

「その槍は身体に直接ダメージを与えるものじゃない。お前の魂を傷つけ、壊す類の魔法——いわゆる呪いみたいなものだ」

つまり、このまま痛みに耐えかね絶命したとしても、痛みに終わりはない。

いつの日か転生したとしても、痛みは永遠に続くのだから。

それが、魂が傷つくということだ。

「お前はクズだ。盗賊とはいえ、仲間がやられているのを隠れて見ていた。終いには人質を取る……自分の愚かさを、未来永劫——死んでからも後悔するんだな」

けれど、もはや盗賊はジークの声を聞いていないに違いない。

盗賊はすでに、ピクリとも動かなくなっているのだから。

ジークはそれを見たのち、後ろに居るアイリスへと言う。

「エミールは勇者じゃない」

「はい、魔王様がそう思われるのなら、その通りかと」

「俺はあいつにチャンスをやった」

「魔王様の寛大な心にこのアイリス、感服いたしております」

「エミールが生きていることがもう、俺には我慢できない。あいつの存在は、ミアの全てを汚している」

「では、次の目的地は――」

冒険者ギルド――ルコッテ支部。

勇者ミアの末裔、エミール・ザ・ブレイブ七世がマスターを務めるギルドだ。


さて、時は同じく――ジーク達から離れた場所。

「ち、ちくしょう！　あいつら全員倒されやがった！　おい、魔法であいつらの会話の内容は聞き取れたか⁉」

「おう！　ルコッテの街だ、間違いねぇ！　エミール様とブラン様に報告しねぇと！」

盗賊達のそんなやりとりが、なされているのだった。

第六章　罠

盗賊達を村から追い払った後のこと。
ジーク達は結局、もう一日その村に泊まることになった。
なお、宿屋が焼けてしまったため、泊まっているのは民家の二階だ。
そして現在、時は朝。
「っ……」
ジークが薄目を開けると、視界に入って来るのは眩しい朝の光。
耳を澄ませてみると、外はまだまだ静かだ。
(かなり朝早いみたいだし、もう少し寝かせて貰うか)
……………。
……………。
……………。
目は瞑ってみたが、まったく寝付けなかった。

その理由は簡単だ。

「熱い……」

布団の中がとっても温いのだ。

それは当たり前なのだが、いくらなんでも温すぎる。

まるで、温泉地帯の温かい地面の上に、布団を敷いているようだ。

(なんだこれ、昨日寝る時は、こんなんじゃなかったよな)

と、ジークは状況を確かめるために、目をしっかりと開く。

すると、ジークの視界に飛び込んできたのは。

ジークにぴったりと寄り添い、すやすやと寝息をたてるユウナの姿だった。

しかも、彼女の衣服は乱れており、色々と見えてしまっている。

「!?」

え、どうしてこうなった!?

と、ジークは叫びたくなるが、全力で我慢する。

ユウナを起こしたら起こしたで、面倒そうだからだ。

なんにせよ、ここはジークの精神安定上のためにも、すみやかに脱出を――。

「んぅ……ジーク、くん」

と、寝言を言ってくるユウナ。

彼女は逃がさないとばかりに、ジークの胸元をきゅっと掴んでくる。

しかも、彼女はそのまま とんでもないことを言ってくる。

「好き……だよ。ジークくん、大好き……んぅ」

「っ！」

いや、驚くことではない。

ジークはバカじゃない――ユウナからその意思は以前受け取っている。

「………」

（だめだ……やはり、全然落ち着けない。どうするんだ、これ……）

どうにもユウナが相手だと、余裕がなくなってしまう。

けれど方針は変わらない、脱出あるのみだ。

もぞもぞ。

もぞもぞもぞ。

ジークは徐々に身体をずらし、芋虫の如く布団から脱出しようとする。

（よし、この調子ならすぐに脱出できそうだな）

と、ジークが安堵のため息を吐いたその時。

「んっ……もう、朝？」

と、聞こえてくるユウナの声。

瞬間、ジークはあらゆる時が止まった気がした。

（こういう場合のテンプレートってあれだよな。『どうしてジークくんがここにいるの⁉』とか言われて、一方的に怒られる理不尽なパターンになるんだよな）

ジークは今のうちに確認したが、ここはジークの部屋——ベッドで間違いない。

（はぁ……でも、こういう場合はそういう言い訳とか、聞いてもらえないんだろうな）

わかっている、それがお決まりというやつだ。

と、ジークが覚悟を決めていると。

「ジーク、くん？　あれ、なんでジークくんが……」

と、ぱっちり開いた目で言ってくるユウナ。

彼女は優しそうな表情で、髪を耳にかけながら続けてくる。

「おはよう……そっか、ジークくんの傍だから、よく眠れたんだね？」

「お、怒らないのか？」

「怒るって……どうして、あたしがジークくんに怒らないとなのかな？」

「それはほら──」

お決まりだから。

と言うのもなんだか馬鹿らしく、ジークは思わず黙り込む。

すると、ユウナはジークの胸に顔を埋めるようにしながら、言ってくる。

「ジークくんの優しい匂い……やっぱり昔となにも変わらない」

「ゆ、ユウナ⁉」

「ジークくん……」

と、そんなユウナは気がついていないに違いない。

先程から密着しているせいで、彼女の豊満な胸がジークに当たっているのだ。

しかも、服が乱れているせいでバッチリ谷間が見えてしまっている。

ユウナも布団が熱いに違いない──ツツーっと、谷間を汗が流れているのが見てとれる。

「っ」

ジークは慌てて視線を逸らそうとする。

しかし、そうすると見えて来たのは、ユウナのはだけた肩。

彼女の肩は薄っすらと桃色がかっているのだが、それが妙に艶めかしい。

おまけに彼女が動くたび、なんだかいい匂いがするのだ。

（って、なに考えているんだ俺は。どうして俺はユウナの時だけ、こんなに心が乱れる⁉

どうしてユウナの時だけ、アルだった時の感情が強くでるんだ⁉）

どうやらジーク、状況に流され思考までおかしくなってしまったに違いない。

これはやはり、早急に脱出する必要がある。

「ゆ、ユウナ……ちょっと離れないと、主に胸のあたりがすごいことに――」

「すぅ～……」

ユウナさん、寝てしまわれた。

やはり、朝は誰しも弱いに違いない。

（それにユウナは昨日、ずっと村の人たちに回復魔法を使っていたからな）

ユウナはこの時代の人間にしては珍しいほど魔力が高い。

しかも、彼女は同じくこの時代の人間では珍しい――単独での上位魔法が使える。

(昨日のあの状況じゃあ、上位回復魔法の使い手なんか引っ張りだこだ)

だがどうして、彼女がジークの布団に居るのかはわからない。

夜起きて、部屋を間違えたのかもしれないし、意識してきたのかもしれない。

けれど、今となってはどうでもいい。

(ユウナがもし、こうしていることで疲れが取れるって言うなら……)

ジークは優しく、ユウナの頭を撫でる。

さらさら手触りのよい髪、撫でているこちらが癒されそうだが。

「ジーク、くん……大好き……だよ」

言って、ジークにきゅっとくっついてくるユウナ。

そんな彼女も、なんだか気持ちよさそうに眠っているのだった。

時はユウナ添い寝事件から数時間後。

場所はルコッテへ向かう道。

「いや～、それにしても昨日の魔王様は本当にすごかったですね！」

と、尻尾をふりふり言ってくるのはアイリスだ。

彼女は何故かジークの手と恋人つなぎしながら、続けて言ってくる。

「私、下位闇魔法《メデューサ》のあんな使い方、見たことがないですよ！」

「あんな使い方？　そんなに変わった使い方をしたか？」

「またまた～、かなりすごい使い方をしたじゃないですか！」

「……ひょっとして、首から下だけを石化させたやつか？」

下位闇魔法《メデューサ》。

その効果は、対象の全身を瞬時に石化させることだ。

しかしあの時、ジークは魔法をコントロールし、あえて首から上を石化させなかった。

その理由は簡単。

(白竜傭兵盗賊団とエミールの関係を聞きたかったから、ちょっと魔法をコントロールしてみたんだが……あんなことで、本当に驚くのか？)

と、ジークがそんなことを考えていると。

「そうそう、それですよ！　いやぁ、すごい！」

言ってくるのはアイリスだ。

彼女は尻尾をふりふり、羽をぱたぱた、ジークへと続けてくる。

「あの魔法は発動した時点で、相手の全身を即座に石化させてしまいます！　つまり、本来なら部分的に石化させない……なんてことは不可能なんですよ！」

「いや、それは間違いだ。あの魔法はしっかりと、魔力をコントロールしてやれば――」

「だから、それがすごいんじゃないんですか！　普通は無理なんですよ！」

「そ、そんなにか？」

「そんなにですよ！　あぁ……憧れます、魔王様かっこいい……尊い、尊い……」

と、晴れやかな顔で天を仰ぎだすアイリス。

一方のユウナはというと――。

「魔法のことはよくわからないけど、ジークくんがかっこよくて、とっても優しいって事はわかるかな」

と、アイリスとは反対側から手を繋いで来るユウナ。

彼女はそのままジークへと続けてくる。

「だって、ジークくんあの人質の女の子のために、すごい頑張ってくれたもん！」

「いや、俺はあの盗賊の行為が、あまりにもセコイからイライラしただけだ。人質のことなんて微塵も考えて――」

「そんなことないよ。だって本当にそうなら、魔法で人質こと吹き飛ばしているはずでしょ？」

「…………」

たしかにそうだ。

というか、昔のジークならばそうしていた。

その点は、転生時に二つの人格が混じった影響に違いない。

「それにほら！　優しいと言えばジークくん、しっかり村の人を助けに戻ってくれたしね！」

と、言ってくるユウナ。

ジークはそんな彼女へと言う。

「あれは村の人のためじゃない。世話になった人を放置したら、魔王の面子に――」

「違うよ。だって、ジークくんは村の惨状を見てすごい怒っていたもん」

「俺が、怒っていた？」

「うん、ちょっと話しかけるのが怖いくらい、怒った顔してたかな」

完全に無意識だが、ユウナが言うのならそうに違いない。

「でも、あの時のジークくんは怖かったけど……やっぱり優しいなって、そう思った。それにあたし、見てたんだ」

と、ジークの手を握る手に、優しく力を込めてくるユウナ。

彼女はジークとの距離を詰めながら、続けて言ってくる。

「戦いのあとさ、ジークくん。みんなに隠れて村の火を消してくれてたよね」

「っ！」

「あと、さりげなく怪我人に回復魔法をかけてくれたり」

「うっ……」

「ね？　ジークくんは優しいいんだよ。それにとってもかっこいい……やっぱり、真の勇者はあたしじゃなくて――」


「魔王様！　あれあれ、見てくださいよ！　行き倒れですよ！」


と、途端にテンションがあがるアイリス。

ジークが彼女の指さす方を見てみると、そこに居たのは。

「た、大変！　あのお爺さん、倒れたまま全然うごかないよ！」

と、そんなユウナの言う通りの人だ。

その老人はボロボロの衣服を身に纏っており、一般人には見えない。

なんせ、遠目に見てわかるほどに髪も肌も汚れているのだから。

（どこかから逃げ出してきた奴隷か。まぁなんにせよ、目の前で倒れているのに、さすがに放置しておくわけにはいかないか）

『ジークくんは優しいんだよ！』

と、唐突に脳裏に蘇るユウナの声。

ジークは魔王なのだから、優しいわけがない。

あの老人を放っておけないのも、放っておけば現代勇者と同類になってしまうからだ。

ジークはそんなことを考えたのち、老人の下へ駆け寄るのだった。

「うぅ……あ、ありがとうございますじゃ」

と、言ってくるのは、木に寄りかかった老人だ。

彼は全身至るところに怪我があり、かなり衰弱していた。

けれど、ユウナの回復魔法によりそれも治癒。

「もう水はいいか？　食べ物もあるが」

「ありがとうございますじゃ、あなた様は命の恩人ですじゃ」

と、ジークから水と食料を受け取る老人。

それからしばらくたち、爺さんが落ち着いた頃。

ジークは改めて、老人へと話しかける。

「それで、爺さんはどうしてこんなところで倒れていたんだ？　失礼かもしれないけど、その身なり——どこかから逃げ出してきた奴隷だよな？」

「は、はい……実は村が盗賊団に支配されていて、儂はこれから冒険者ギルド様に盗賊退治をお願いしに行くところなんですじゃ」

「冒険者ギルドにお願い……？」

「じ、実は——」

と、そんな老人の話をまとめると、こんな感じだ。


少し前から、村が盗賊団に支配されている。

何度か村人は武装決起したのだが、首領のブランという少女がとても強い魔法使いで、まったく歯が立たない。

そのため、村人達は奴隷のような生活に身を落とすことになってしまう。

しかし、そんなある日。

村人達が秘密裏に集めたお金を、この老人に託したそうなのだ。

その理由は彼が先ほど言っていたもの――冒険者ギルドに盗賊団退治を頼む。

老人が説明と共に見せてくれた金額は、およそ二万エン。

冒険者ギルドが動く金額は、およそ五十万エンからだ。

（事情が事情だから、これしかお金を集められなかったんだろうが……これじゃあ冒険者ギルドに行ったところで、追い返されるのがいいところだな）

最悪、金だけ取られて追い返される。なんてことも充分ある。

そして、そのことはユウナも思ったに違いない。

「ジークくん、この人の村のこと……あたし達でどうにかできないかな？」

「そうだな……」

ジークが気になったのは、首領の名がブランであるということ。

これは高確率で、その村に居るのは白竜傭兵盗賊団で間違いない。

今回の件も、冒険者ギルドと繋がっているのか……それとも、白竜傭兵盗賊団単独の行動なのかはわからないけれど。

「あぁ、この件は俺達でなんとかしよう。ブランって奴には借りがあるしな」

「ジークくんっ……そう言ってくれると思ったよ！　えへへ、傷ついている人が居たら、あたしが治すから任せてね！　もちろん、ジークくんのことも♪」

と、嬉しそうなユウナ。

ジークはそんな彼女の頭を撫でた後、老人へと言う。

「正直に言うと、二万エンじゃ冒険者ギルドは絶対に動いてくれない」

「そ、そんな――」

「だから、今回のその依頼は代わりに俺達が受けよう。もちろん金もいらない」

「ですけど、それはその……」

「俺達の強さを心配しているなら、大丈夫。こう見えても俺達は強い。そこに居るピンク髪の女の子だけでも、盗賊団を壊滅させられるだろうな」

「信じても……任せてもいいのですじゃ？」

と、真剣な様子の老人。

ジークはそんな老人の近くへしゃがみながら、彼へと言葉を続ける。

「魔王はくだらない嘘は吐かない、だから安心して任せろ。それよりも今は、ほら――俺がおぶっていくから、村まで案内してくれないか？」

「お、おぉ！　おぉ……本当に、本当にあなた様は神様ですじゃ！」

と、ジークの提案通り、背に乗って来る老人。

そして。

「♪」

と、機嫌よさそうにジークを見ているユウナ。

きっと彼女は、ジークの行動をまた内心褒めているに違いない。

（この爺さんを普通に歩かせると、時間効率的によくなさそうだから、おんぶしようと思っただけなんだけどな……）

まぁ、いちいち言うことでもあるまい。

ジークがそんなことを考え、歩き出そうとすると。

『いいんですか、魔王様？』

と、ジークの脳内に直接響くアイリスの声。

魔法を使っているに違いない彼女の声は、さらに続く。

『わかっています、よね？　そ、その、お爺さん――』

『わかってるよ、だから安心してついてきてくれ』

『いや、そうではなくてですね！　だったら、そもそもどうして行く必要が――あぁ、もう！　わかりましたよ、魔王様に従いますよ！』

『アイリス、俺のことをいつも心配してくれて、本当にありがとう』

『え、やだ……かっこいい。魔王様今の、本当にかっこいい♪』

直後、ジークの脳内に送り付けられ始めたのは、大量のエロ動画。

アイリスの妄想の産物が、魔法を通してジークの脳内で再生されているのだ。

「ちょっ⁉」

「んっ……魔王、様――そこ、いいです……んぁ」

「アイリスさん、急にどうしたの？」

「？」

頭からエロ動画を追い出そうとするジーク。

動画の送り主であるアイリス。

そんな彼女に疑惑の視線を向けるユウナ。

そして、不思議そうな顔をする老人。

そんな四人は、件の村へ向けて歩を進めるのだった。

そうして、老人の案内のまま歩くことしばらく。

ジーク達は件の村へと到着していた。

「なに、これ……酷い」

と、言ってくるのはユウナだ。

彼女は村を見渡しながら、言葉を続けてくる。

「家もボロボロだし、人が誰もいない。それに道も荒れて、草も伸び放題……これじゃあ、まるで今は人が住んでいない廃村みたい」

「爺さんの話だと、村人は奴隷扱いされている。だから、きっとどこかに収容されているんだろうな——強力な魔法使いが居るみたいだし、絶対に逃げられないように、普段は魔法も使って拘束されてるんだろう」

「え、でもそれって……」

と、ジークの言葉に違和感を覚えたに違いないユウナ。

彼女はチラリと、ジークに背負われている老人を見ている。

(そうだよ、ユウナ。そんな状況で、こんな老人が逃げ出せるなんてありえないんだ)

とまぁ、そんな老人はこの村に着く少し前から眠ってしまっている。

まるで、精神操作魔法の反動がきたかのように。

「さてと……俺は少し運動してくるから、爺さんはアイリスとユウナに任せる」

ジークは言って、老人を二人へと渡す。

「それじゃあ魔王様、この人の洗脳は言われた通り解いておきますね！　魔王様は存分にその力を振るって楽しんでください！」

「え、えっと……ジークくん、どういうこと？」

と、それぞれ言ってくるアイリスとユウナ。

ジークはそんな彼女達から離れ、村の中央まで歩いていく。

すると。


「てめぇがジークとかいう魔王野郎か」

「まんまと誘き寄せられやがって……仲間が世話になったな」


聞こえてくる男達の声。

見れば廃屋から、続々と盗賊達が姿を現してくる。

そんな奴らは、続けてジークへと言ってくる。

「どうしたよ、ビビッて声もでねぇか？」

「残念だったな、あの爺さんは俺達の仕込みだったんだよ」

「精神操作魔法で洗脳してな、ちょっと一芝居うってもらったわけだ」

「まぁ、この村が俺達に支配されてんのは本当だけどな」

「ぎゃはははははははははっ！　ったく、ちげぇねぇ！」

もっとも、ジークはそんなことなど、とうの昔に見抜いていた。

故にジークはそんな盗賊達へと言う。

「残念だが、おびき寄せられたのはそっちだ」

「あぁ⁉」

「お前たちが白竜傭兵盗賊団の本体なんだよな？　邪魔な奴は元から断ちたかったからな
……わざと罠にかかってみたんだ」

それにあの老人は洗脳されてはいたが、言っていることは真実味があった。

なおかつ彼の身なりはアレだ。

（白竜傭兵盗賊団は措いておいたとしても、村になにか起きている確信はあった……そういうのを気にするユウナのためにも、放っておけるわけがない）

ジークは「さて」と一息、右手で剣を鞘から引き抜く。

そして、彼は盗賊達へ言うのだった。

「つべこべ言ってないで、かかってきたらどうだ——もしも本当に、俺をおびきよせられたと思ってるのならな」

第七章　白竜傭兵盗賊団

「つべこべ言ってないで、かかってきたらどうだ――もしも本当に、俺をおびきよせられたと思ってるのならな」

「手加減してやるからってか⁉」

と、ジークへ言ってくるのは盗賊達だ。

彼等は続けて言ってくる。

「こっちは知ってんだよ！　てめぇがどうしようもねぇ、卑怯者だってな！」

「なに？」

「とぼけてるんじゃねぇぞ！　てめぇはそう言って、油断させて俺達の仲間を倒しただろうが！」

なるほど。

どうやらこの盗賊は、先日の村での一件を言っているに違いない。

なんせ、あの時奴らの仲間が――。

『魔法を使わないと言ったくせに、魔法を使うとは何事か！』

『さすが魔王を名乗る男……悪逆非道とはこのことだぜ！』

みたいなことを言っていた。

（俺は魔王だから、卑怯者呼ばわりされるのは気にしない……だけど）

こんな雑魚相手に、卑怯な手段でなければ勝てない。

そんな風に思われるのは、さすがに嫌だ。

まぁ、言っても無駄に違いないのだが。

「そこでだ、俺達はあいつらとは違って、てめぇのペースには乗せられねぇ！」

「おうさ！　俺達はてめぇ用にとっておきを用意してたんだよ！」

と、次々に言ってくる盗賊。

奴らは嫌らしい笑みを浮かべた後、ジークから距離をとってくる。

そして、奴らの中から二十名ほどの後衛職が前へ出てくると――。


「『人を拒みし絶対の門、かつて魔界に君臨せし漆黒の門！』」

「『何人の侵入を阻む究極の門を守りし、獣――我等に力を貸したまえ！』」

「上位召喚魔法《サモン＝ケルベロス》！」

盗賊達は杖を翳しながら、そんな言葉を言い放ってくる。

直後、ジークの目の前に現れたのは巨大な魔法陣だ。

その魔法陣は凄まじい稲光を放っており、見ていて眩しいほどだ。

(にしても、こいつらはバカなのか？　敵の目の前で召喚魔法を使うとか——召喚している間に、攻撃してくださいって言っているようなものじゃないか)

こういう場合、召喚魔法は少し離れた場所で使うのがセオリーだ。

どうやら五百年の間に、戦いのセオリーは失われてしまったに違いない。

(まぁ、それなりの魔力を込めたみたいだし、そんな野暮はしないけどな……手加減として、最初の一撃は受けてやろう)

と、ジークがそんなことを考えている間にも、魔法陣の光はどんどん増していき。

ある時を以て内側からはじけ飛ぶ——同時。

中から現れたのは、魔法陣を超える大きさの魔物だ。

凶暴そうな牙を剥き出しにする顔が三つあり、全身漆黒の筋肉で覆われたその姿。

「うははははははっ！　どうだ、こら!?　このクラスの魔物を召喚できるのは、世界中さがしても、俺達くらいのものだぜ！」

「これが現代の賢者と恐れられた俺達が、全ての魔力をつぎ込んだ最強の召喚獣だ！」

「この召喚獣ケルベロスは、五百年前に大陸を荒らしまくった伝説の魔物！　その魂を我々が召喚、魔力で一時的に受肉させたものだ！」

「伝承によると、ケルベロスは魔王討伐隊を、たった一体で半壊させたと言われている！　つまり、勇者様たちですら手を焼く強さに違いないのだ！」

「さぁ、我等の切り札――現在では触れることすらできない、人智を超えた究極の魔物……召喚魔法の極致にして最高峰！　これが貴様如きに破れるかな？」

と、ケルベロスの後ろから言ってくる盗賊達。

ジークはそれを聞いて、思わず唖然としてしまう。

なぜならば――と、考える間もなく盗賊達は続けて言ってくる。

「行け、ケルベロス！」

「その男を焼き払ってやれ！」

「俺達の魔力を喰らった対価で、その男の命を喰らい尽くせ！」

同時、ゆっくりと近づいて来るケルベロス。

奴はジークと一定の距離になった瞬間、凄まじい勢いで飛びかかって来る。

そして——。

ジークの前でコロンとひっくり返った。

お腹を見せる服従のポーズだ。


「「「…………」」」

と、呆然としている様子の盗賊達。

ジークはケルベロスと、盗賊達の様子を見て思う。

(やっぱりこうなったか……戦って楽しむ以前の問題だよな、これ)

と、ジークがそんなことを考えている間にも。

「キュ〜ン！　キュンキュン！　キュル〜ン！」

なんとも可愛らしい声で、甘えまくってくるケルベロス。

ジークがそんなケルベロスの顎下やお腹を、こちょこちょしてあげていると。

「ぶあはははははははっ！　ちょっ——魔王様に魔物召喚してどうするんですか⁉」

やや離れた位置から聞こえてくるのは、アイリスの声だ。

彼女はさらに続けて言ってくる。

「凡俗ではわからないでしょうが、魔王様の中には圧倒的な力が渦巻いているんですよ！　それを感じてしまえば、どんな魔物だってそうなりますよ！　魔王様を知っていても、知らなくてもね！　魔王とはそういうものです！」

つまりはそういうことだ。

しかも、盗賊達はケルベロスを召喚する詠唱に『門を守りし』がどうとか、強そうな印象の言葉を入れていた。

きっと、現代の認識はケルベロス＝強い魔物に違いない。

けれど、ジーク含む五百年前の認識はそうではない。

（ケルベロスとか、知性ある魔物の子供にとっては、人気のペットだからな……）

それにしても、このケルベロスは可愛らしい。

ジークが顎をこしょこしょする度に、足をぴくぴくさせるところが、本当に愛らしい。

召喚獣故、しばらくしたら消えてしまうのが惜しいくらいだ。

「おいてめぇ！　なに遊んでやがる！」

「俺達の魔力を喰ったんだから、その分くらいはちゃんと仕事しろ！」

「そうだ、ふざけんな！　そのクソ野郎を早く殺せ！」

と、ジークの考えを断ち切り聞こえてくる盗賊達の声。

ケルベロスが可愛すぎて、すっかり彼等の存在を忘れていた。

（ケルベロスともう少し戯れるために、さっさとあいつら倒すか）

と、ジークは少し強めに剣を振るおうとする。

しかし、それよりも先にケルベロスが立ち上がり、再び唸り声を上げ牙をむく。

ただし、ジークではなく盗賊達にだ。


「は⁉　え、どういうこと⁉」

「ま、まて大丈夫だ！　召喚獣は召喚主に絶対忠誠のはずだ！　そ、そうだろ⁉」

「そ、そのはずだ！　召喚獣は召喚した際に、魔法で魂を強制的に隷属させる！」

「じゃあなんで、あいつこっちに向かってくるんだよ！」

「し、知るか！　魂の隷属を破る程、強烈なショックを受けたとしか考えられねぇ！」

「つまりなんだ⁉　ケルベロスにとって、魔王はそれほど強者でカリスマ性が――」

「言ってる場合か、このバカどもが！　早く逃げるぞ！」

と、慌て始める盗賊達。

その直後、ケルベロスによる盗賊撃退ショーが幕を開けた。

ケルベロスの三つ頭――それぞれから放たれる炎、氷、雷。

それらは、盗賊達を次々に灰にし、氷像にし、炭に変えていく。

（はぁ。後衛職の連中とか、魔力をケルベロス召喚に全部使ったみたいだから、真っ先にやられてるな……また一人やられたか）

そうこうしている間にも、ケルベロスの現界時間が過ぎたに違いない。

ケルベロスは一度ジークを振り返り、喉を鳴らした後に消えていってしまう。

（最後まで可愛い奴だったな……五百年前、俺が小さい頃も、ケルベロスを飼っていたっけな――そういえば、俺が飼っていたケルベロスも転生しているのか？）

あのケルベロスはそれなりに強かったので、宿魔人になる可能性は充分にある。

旅をする楽しみが、これで一つ増えたといえ――。

「く、くそが……てめぇ、なにしやがった！」

「俺達は、やってやるよ……俺達、だけでも！」

と、聞こえてくるのはボロボロといった様子の盗賊達。

その数は二人——最初は五十人を超える数だったが、先の一件で大分いなくなった。

（どうしようもないクズで、どうしようもない雑魚だが、この後に及んでまだ戦う気があるのは、それなりに好感が持てるな……）

と、ジークはそんなことを考えたのち、盗賊達へと言う。

「一瞬で終わらせてやるから、さっさとかかってこい」

「つざけやがって……」

「望み通り殺してやるよぉおおおおおおおおおおおっ！」

同時、剣を引き抜き挑んで来る盗賊剣士二人。

ジークはそれを見るや否や剣をしまい、彼等に応じるように前へと進む。

直後、ジークを襲ってくるのは二つの斬撃。

しかし、どうってことはない。

ジークにはそれらが、止まっているかのように見えているのだから。

（……ここだ！）

と、ジークは二つの斬撃が重なるところを見極め、盗賊達の剣二本を片手で止める。

盗賊達は驚いたような表情をするが、構うようなことはしない。

ジークはもう片方の手に力を込め、それぞれの盗賊の腹部へ拳を繰り出す。

すると、ジークが放った拳の圧が強すぎたに違いない。

盗賊達の身体は、最初から存在していなかったように綺麗に爆散する。

(殆どケルベロスの手柄だが、これで盗賊団はほぼ壊滅。あとは――)


「……殺った」


聞こえてくる少女の声。

直後、ジークに直撃するのは巨大な氷の刃だ。

(っ――この魔法、なんて威力と速度だ。魔力の規模はエミールより少し下くらいだが、コントロールが圧倒的に上手い)

刃を極限まで薄くし、切れ味を究極に高めているのが見て取れる。

あれならば、鋼鉄を容易く両断するに違いない。

もしもジークに障壁がなければ、重傷を負っていた可能性すらある。

(この時代の人間は雑魚ばかりだと思っていたが、なかなかどうして……楽しめそうな奴もいるじゃないか。にしても、初撃が俺狙いでよかったな――ユウナなら言わずもがな、アイリスでさえ、今の魔法ならやられていた可能性がある)

まぁ、その場合はジークが全力で守るが。

さて、先の魔法を放ってきたのはどんな少女なのか。

ジークはそんなことを考えながら、視線を先ほど声が聞こえた方へ向ける。

するとそこに居たのは――。

雪の様に真っ白い少女だった。

身に纏っている白い魔法使い帽とローブ。そして、それすらも霞む雪の様に白い髪。

そんな彼女は同様、白を基調とした翠玉の杖を見ながら首を傾げている。

その杖の先端には、氷の刃が生えており、今では中ほどから折れてしまっている。

（あれは上位氷魔法《ブライニクル》……この時代において、一人では使えないはずの上位魔法を、無詠唱かつあの練度で……しかもあの攻撃、受けるまで気配を読めなかった。まさかこいつ――いや、それより先に確認すべきことがあるか）

魔法使い然とした容姿。そして、その実力から考えて間違いない。

ジークは未だ首を傾げている少女へと言う。

「白竜傭兵盗賊団首領――ブランで間違いないか？」

「ん……間違いない」

「さっきの攻撃は見事だった。転生してから初めて、敵の攻撃を『すごい』と感じたよ」

「あなた、とっても固い……これ、城とかでも普通に斬れるのに」

と、ブランは氷の杖を一度振るう。

すると、杖についていた折れた刃が再び形成される。

(なるほど、上位魔法を連続して使える魔力も持っているか——それにやはり)

先ほどジークは、ブランが杖を振るう際に見てしまったのだ。

左手の甲にある闇の紋章を。

(並外れた魔力と、魔法にかんする才能……これなら納得がいくか)

ブランは宿魔人だ。

しかもこの氷魔法を操る力から考えるに、転生前の名前は。

「竜姫ホワイト・ルナフェルトか」

「いま……なんて?」

と、ジークの呟きに反応を示すブラン。

ジークはそんな彼女へと言う。

「お前の昔の名前だよ。懐かしい感じでもしたか?」

「……知らない」

「炎を操る赤竜、ルナフェルト族に突然変異で生まれた個体。瞬く間に一族の長になり、

やがて俺の右腕として長い間過ごす」

「…………」

「夢で何度も見るなりしてるはずだけどな。お前はそれだけ強い力を持ってる――ということは、闇の紋章とも結びつきも一際強いはず」

「あなた……誰？」

「俺は魔王ジーク。本来のお前が仕えるべき男だ」

「……そう」

と、ブランの姿が消える。

凄まじい速度だが、場所はわかっている――後ろだ。

ジークは振り向きながら剣を引き抜き、ブランの氷の刃と打ち合わせる。

すると、ブランはジークへと言ってくる。

「あなたを……知っている、気がする」

「だったら、俺の下へ来るべきだ。俺達が戦う必要はないと思うが？」

「だけど……私はブラン。今はあなたの……敵」

言って、ブランは左足を軽く地面に打ち付ける。

すると、ジークの足元から生えてくるのは、大量の氷柱だ。

ジークはそれを空中へ飛んで躱しながら、考える。

（さっさとブランの記憶を覚醒させるのもいいが、少し遊んでやるか。元部下のわがままに付き合うのも、魔王としてのお仕事だ。それに俺自身、こいつの今の実力を見ておきた——）

「……逃がさない」

と、ジークの思考を断ち切り聞こえてくるブランの声。

彼女はジークの方めがけ、左手を翳してくる。

するとジークを取り囲むように現れたのは、無数の氷柱だ。

（すごいな……まだ覚醒してないとは思えない。一つ一つに、上位魔法レベルの魔力が込められている。五百年前に、俺に傷を負わせた大賢者に匹敵するレベルだ——だけど）

「この程度じゃ俺を倒すことは不可能だ」

言って、ジークは迫って来る氷柱全てを、剣を使って叩き落とす。

「……っ！」

と、さすがに驚いた様子のブラン。

ジークは着地すると同時、剣を構え彼女へと駆ける。

「さぁ、もう終わりか？　もっとできるだろ、お前なら」

「……うるさい」

再び打ちあわされる金属と氷の刃。

その音は絶え間なく、無数に続けられる。

「ははっ、すごいなブラン！　俺が徐々に剣速を上げているのがわかるか？」

「……！」

と、もはや喋る余裕もないに違いないブラン。

ジークはそんな彼女へと、剣を繰り出し続けながら言う。

「さっきの魔法も含めて、もはや人間の領域を超えてるよ。なのにお前はついて来る――

その意味がわかるかと聞いてる」

「わから、ない……っ」

「魔王という存在が傍にいるせいで、お前の中の『魔』が反応しているんだ。だから、普段以上の力が出る――楽しみだ、これで覚醒させたらどれほどの強さになるのか」

ホワイト・ルナフェルトは竜族故、当然その姿も竜だった。

けれど、今は違う。

（ブランは人間だ。人間として培った気配の消し方、氷の刃を用いた近接戦闘。覚醒させれば、そこに竜への変身能力も加わる可能性が高い）

それになにより、ホワイト・ルナフェルトはジークの忠臣だった。

アイリスと並んで、ジークを守る最後の砦――長い時間を共に過ごした家族。

そんな彼女が強くなって帰って来るのだ。

「本当に、楽しみだ」

ジークがそう呟いた直後、ブランがついにジークと距離を取る。

彼女は地面に杖を刺し、寄りかかる様にしている。

（さすがに限界、これ以上は酷か……そろそろ終わらせて、さっさと覚醒を――）

「これで、最後……」

と、なんとブランはまだやる気に違いない。

彼女はジークに杖を向け、ジークへと言ってくる。

「『あの人に捧げる氷よ、あの人を守る氷よ……今、私の前に敵が居ます。あの人を傷つけようとする敵が居ます……私に力をください。どうか私を、あの人を守ることが出来る刃に変えてください』」

詠唱――随分と健気な文言だ。

きっと、断片的に過去を思い出していたからこそ、作られた詠唱に違いない。

ジークがそんなことを考えていたその時、ついにブランが詠唱を終える。

「上位氷魔法《コキュートス》――もし、ブランを知っているなら……超えてみて」

そんなブランの言葉と同時。

ジークに押し寄せて来たのは、凄まじい量の氷だ。

それはまるで氾濫した川のようであり、力強くも美しさを感じさせられた。

「繰り返し言うが、見事だよブラン」

相手がジークでなければ――たとえ全力のアイリスが相手であっても、きっとブランが勝利していたに違いない。

もしも次戦うことがあれば、ブランが覚醒してから戦いたいものだ。

ジークはそんなことを考えながら、彼女が放った魔法に剣を振り下ろす。

直後。

上位氷魔法《コキュートス》は、ジークの一閃により跡形もなく消し飛んだ。

そして、後に残されたのは。

「…………」

フラフラと今にも倒れそうなブランだ。

きっと、先の一撃で全ての魔力を使い尽くしてしまったに違いない。

ジークはすぐさまブランの下へ近づいていき、彼女を支えようとする。

「大丈夫か、ブラン？」

「ねぇ……ブランが誰だか……教えて、くれるの？」

と、ブランがそう言って意識を失ったのは、ジークが彼女を抱きとめたのと同時だった。

第八章　白竜は淫らに堕ちる

時はジークがブランを倒した夜。

場所は白竜傭兵盗賊団と戦った村のとある民家の二階。

現在、ジーク達は村人達の好意に甘え、絶賛泊まらせてもらっていた。

「本日のハイライトはなんといっても、ケルベロスを手なずけちゃったところですね！」

「うん、あれはすごかったよ　ジークくんの力にひれ伏した感じなんだよね？」

と、テーブルを挟んで、ジークの向かいで話しているアイリスとユウナ。

そんな二人は、順に言葉を続ける。

「さすがのユウナでも、何が起きたかわかったみたいですね！」

「さすが……は余計だよ！」

「ではでは、もう一つのハイライトはどうですか？」

「もう一つのハイライト？」

と、首を傾げているユウナ。

アイリスはそんなユウナを見たのち、テーブルをばんばんしながらジークへ言ってくる。

「んっもう！　魔王様なんですかあれ！　すっごいじゃないですか⁉」

「なんかすごいことしたか？」

ジークとしては、特にすごいことをした覚えはない。

どちらかというと、覚醒していない身であれだけの攻防をしたブラン。

彼女の方がすごいことをしていたとさえ思う。

と、ジークがそんなことを考えていると、アイリスが再び言ってくる。

「とぼけないでくださいよ！　上位氷魔法《コキュートス》を斬撃で消滅させたやつに、決まっているじゃないですか！」

「あぁ、あたしもあれは凄いなって思ったよ！」

とアイリスに同調するのはユウナだ。

彼女はうんうん頷きながら、ジークへと言ってくる。

「剣を振り下ろすのが速すぎて、なんにも見えなかったもん！　それに、あの規模の魔法を剣で斬るって……物語に出てくる勇者様みたいで、とってもかっこよかったよ！」

「なーにが勇者様ですか！　魔王様はそれよりもすごい存在なんですよ！　それにユウナってば、全然見当違いですよ！　魔法を剣で斬るとか、魔王様にとっては当たり前です！」

と、ぷいぷいっとユウナに手を振るアイリス。

彼女は両手を組み、瞳をキラキラさせながらジークへと続けてくる。

「上位魔法《コキュートス》を消滅させ、ブランを両断しないようコントロールされた絶妙な腕力——魔力のコントロールだけじゃなく、腕力もコントロール自由自在なんてすごいですよ！」

「そんなにすごいか、あれ？」

あんなもの、所詮は少し気をつけて剣を振っただけ。

なんなら、寝起きでも出来る自信がある。

そもそもコントロールどうこうで言うのなら——ジークが本気になれば、相手の魔法を剣で巻き込み、そのまま相手に跳ね返すことだってできる。

（俺がそこまでやっていれば、驚かれるのも納得はするが。もっとも、相手はブランだ……あいつを必要以上に傷つけるようなことは、絶対にしないけどな）

なんにせよ、やはり驚かれるようなことでは——。

「なんか色々考えてるみたいですけど、そう言えるところがすごいんですよ！」

と、ジークの考えを断ち切る様に言ってくるアイリス。

彼女はそのまま言葉を続けてくる。

「魔王様以外の魔物が――正直、私だってあの上位魔法を前にしたら、変な手加減できませんよ⁉　っていうか、全力でやっても危ういくらいですよ！」

「俺がすごいかは措いておいて……たしかに、ブランが最後に放った魔法はすごかった。俺が近くにいたせいで、身体の『魔』が騒いだっていうのもあるかもしれないが」

あれは完全に五百年前の魔物に迫る力だった。

さすがはかつて、ジークが頼りにしていた魔物の宿魔人だけある。

と、ジークがそんなことを考えていると。

「でもまぁ！　それを軽くあしらっちゃう魔王様の方が、結局すごいんですけどね！」

ぺかーっと言った様子で明るく表情を変えるアイリス。

彼女はさらに続けて言ってくる。

「そうですよ、考えてみれば魔王様はかつての忠臣――最強の竜族の上位魔法を、剣一振りで消滅させたとも言えるんですよ！」

「いや、ブランはまだ覚醒させせてなかったから、それは無理が――」

「言えるんですよ！」

「………………」

「これはすごいことですよ！　竜族の姫の一撃を、剣の一振りで軽く打ち消すなんて！

いや〜すごい！　魔王様尊い！　さすが魔王様！　それでこそ、私の嫁——魔王様！」

「むぅ〜〜〜〜〜〜〜〜〜〜〜〜〜〜〜〜〜〜〜っ！」

と、聞こえてくるのはユウナの声だ。

彼女は突如手を上げると、ジークへと言ってくる。

「あたしはジークくんのハイライト、そこじゃないと思うな！」

これは間違いない。

アイリスがジークを褒めまくっているので、対抗心を燃やしている。

ようするに、いつものやつだ。

（嬉しいけど、張り合わなくてもいいと思うんだけどな……二人とも普段は仲いいみたいだし）

先ほどなど、二人で一緒に夕飯を作っていた。

主にアイリスが怪しい薬を入れるのを、ユウナが止めていた感じだったが。

などなど、そんなことを考えている間にも、ユウナはジークへ言葉を続けてくる。

「本日のハイライトは、お爺さんの村を助けようとしたことだよ！」

「………」

アイリスにも思ったが、ユウナも思ってもいないところを褒めてくる。

いったいどうして、彼女はそこがハイライトだと思ったのか。

と、ジークのそんな疑問に答えるかのように、ユウナは言葉を続けてくる。

「ジークくん、あれが罠だってわかってたんだよね？」

「あぁ、身体の魔力が乱れていたし。以前言ったように、あの老人がそんな場所から逃げ出せるわけがない」

「うん♪　やっぱりジークくんは偉いよ！」

「すまん、話の繋がりがわからないんだが」

「だって、ジークくんはあのお爺さんを――あのお爺さんの村を救うために、わざと罠にかかったんだよね？」

と、キラキラした瞳のユウナ。

彼女はジークが反論する間もなく、言葉を続けてくる。

「自分の身が危険にさらされるってわかっているのに、他人を助けようとする――それって、普通はそんな簡単に出来ることじゃないよ？」

「俺が村に来たのはそんな理由じゃない。俺はただ単に、俺達の周りをうろつく小虫を巣穴ごと駆除したかっただけだ」

「はいはい、ジークくんってそういうところあるよね――かっこつけっていうのかな？」

「……なんかユウナって、どことなくアイリスに似て来たよな」

「え、どこが!?」

「そうですよ！　私を人間なんかと一緒にしないでくださいよ！」

と、始まるユウナとアイリスの言い争い。

二人はお互いを軽くポコポコ叩きあったり、実にみていて和む。

まるで仲のいい姉妹のようで——。


「……ジー」

視線を感じた。

ジークがそちらの方に顔を向けると、そこに居たのは。

「………………」

扉を少しだけ開き、そこからこちらを見てくる冷たそうな瞳。

正直、ものすごく怖い。

もしもジークが一人でいたら、確実にビクンってなっていた。

「っていうか、何してるんだ？　覚醒させたばっかかなんだから、もう少し寝てた方がいいんじゃないか？」

「ん……大丈夫」

と、言いながら出てくるのはブランだ。

もっとも、今の彼女はすでに過去の力と記憶を取り戻している。

そのため、厳密にはホワイト・ルナフェルトが名なのだが、彼女曰く。

『長いから……ブランのことは、ブランで』

とのことだ。

「あは♪　久しぶりじゃないですか！　今はブランでしたか⁉　いや～懐かしいですね！　なんだか同窓会って感じがしますね！」

「あ、あの……はじめまして、でいいのかな？　ジークくんの同期の元冒険者兼、勇者見習いのユウナって言います！　これからよろしくね？」

と、口々にそんなことを言うアイリスとユウナ。

それに対してブランは、一度だけこくりと頷いたのち。

「ごめんなさい……まおう様も、アイリスも、ユウナも……とっても迷惑かけた。昔の記憶と今が交じりあって……ブランがどんなに悪いことしてたか、ようやく気が付いた」

「あははは！　まったく気にしてませんってば、そんなの！　だいたい仕方ないじゃないですか！　記憶とんでたなら、あの時のブランは別人なんですから！」

「悪いことをしてたって、気が付いただけまだいいよ！　それに今からだって、やり直せるはずだよ！」

と、そんなブランに言うアイリスとユウナ。

ブランはそんなユウナへ言葉を続ける。

「……やり直す？」

「そうだよ！　誰だってやり直すのに遅いことなんてないもん！」

「でも、ブランは手下に命令して……色々な人を――」

「それ以上の人を助ければいいんだよ！　そうやって償っている方が、きっとなにもしないより遥かにマシだよ」

「…………」

ポケーっと、何を考えているのかわからないブラン。

けれど、きっと何かを決心したに違いない。

ブランはこくりと頷いた後、ジーク達へと言ってくるのだった。

「まおう様たちはブランが守る……いい人間もブランが全員守る。だから……まずはブランが知っていること、全部話す」

時はあれから数時間後。
場所はジークの寝室。
現在、ジークはブランから聞かされたことを、一人考えていた。
なお、ブランが話したこと。それを纏めるとこんな感じだ。

冒険者ギルドルコッテ支部は白竜傭兵盗賊団と組んでいる。
それどころか、実質的に白竜傭兵盗賊団はルコッテ支部の配下にあった。
主な役目は村を襲ったり、人を誘拐すること。
しかしその時、わざと生き残りを逃がしてやるそうなのだ。
そうすれば、襲われた人が冒険者ギルドへ依頼をしに行くのだから。

ようするにこれ、マッチポンプだ。
エミールは自分で事件を起こし、自分のギルドで解決しているのだ。
それも法外な金を請求することによって。

「クソだな、あいつ」

やはり、冒険者ギルドルコッテ支部は、エミールもろとも潰す必要がある。

奴はどう考えても勇者の名を名乗るに相応しくない。

奴が勇者として存在しているだけで、ジークを激しく不快にさせる。

(出来るだけ早い方がいい。明日中に決行するか)

と、ジークがそんなことを考えたその時。


「まおう様……きた」

聞こえてくるのは、ブランの声だ。

実は《隷属の証》を刻むために、彼女を呼んでおいたのだ。

ジークは扉を開き、彼女を中へと招き入れ——。

「……なんだ、その服？」

「?」

と、首を傾げるブラン。

そんなブランが着ているのは、スケスケのベビードールだった。

ブランはいったいどこから、こんな服を用意してきたのか。

と、ジークがそんなことを考えている間にも、彼女は言ってくる。

「……ドキドキ」

「いや、絶対ドキドキしてないよな。すごい無表情だもんな」

「ん……してない。でも、アイリスがやれって」

犯人が発覚した。

「この服着て、ドキドキすれば……まおう様喜ぶって言ってた」

と、言ってくるブラン。

多分、ドキドキすればではなく、ドキドキさせればだ。

しょせんは付け焼刃、しょうもない間違いだ。

「ブラン、わかってると思うけど、あまりアイリスの言葉を真に受けないように」

「ん……わかった」

と、無表情で頷くブラン。

わかったかわかっていないか、正直かなり怪しいところだ。

しかし、今はそれより重要なことがある。

「それじゃあブラン、《隷属の証》を刻むからベッドの上で仰向けになって」

こくりっと頷くブラン。

彼女はとことこ歩いてベッドに上ったのち、指示通り仰向けに寝転がる。

そして彼女は——。

「また……まおう様のものにして欲しい。ブランを……まおう様にあげる」

ペロンっと、服をまくってお腹を見せてくる。

ジークはそんなブランの真っ白なお腹に、《隷属の剣》を突き入れ——。

「んっ……」

と、何やら身体を揺らすブラン。

ジークはそんな彼女へと言う。

「どうした？　痛みはないはずだが」

「ん……まおう様のものになれるって想像したら……なんだか身体が勝手に跳ねただけ」

「そうか、大丈夫なら続けるけど」

「ん……続けて」

………。

…………………。

……………………。

と、そうこうすること数秒。

「よし、《隷属の証》はしっかり刻めたな」

「ん……これでブランは、まおう様のブラン」

と、言ってくるブラン。

彼女の真っ白で傷一つなかったお臍の下。

今ではそこにしっかりと、淫紋が刻まれている。

（これでブランの能力も全部手に入れられたわけだ。あとはいよいよ、明日の一件を残すのみ……ブランも疲れているだろうし、今日はそろそろ）

「……まおう様」

と、ジークの思考を断ち切ってくるブランの言葉。

彼女はもそもそ起き上がると、ジークへと言ってくる。

「お礼とお詫びがしたいから……上の服脱いで、うつ伏せで寝て」

「お礼とお詫びって、なんの？」

「ブランに本当のブランを教えてくれたお礼……それと、迷惑かけたお詫び」

「いやだから、そういうのはもういいって。俺は気にしてないし、さっきユウナと話して解決しただろ？」

「ん……でも、ブランの気が済まない……特にまおう様には」

ジーっと無表情で見つめてくるブラン。

これは彼女の言い分を聞かなければ、決して引かない覚悟が伝わって来る。

（ブランを早く休ませてあげたいし、ここは俺が折れた方がいいか）

ジークはそんなことを考えたのち、ブランへと言う。

「わかったよ。ブランの気がそれで楽になるなら、付き合う」

「まおう様……優しい」

ジークはそんなブランの頭を優しく撫でたのち、指示に従うのだった。

そして、現在。

ジークは上半身裸で、ベッドにうつ伏せになっているわけだが。

「んしょ……ん、しょ」

と言ってくるのは、そんなジークの背中に跨っているブランだ。

彼女はジークの背中を、まんべんなく揉み解しながら続けて言ってくる。

「まおう様……気持ちいい？」

「あぁ。誰かに肩と背中を揉んでもらったのって初めてだから、かなり新鮮な気分だし気持ちいいよ」

「ん……よかった」

ぺちぺち。

むにむにむに。

もみもみもみもみ。

と、続くブランによるマッサージ。

（ブランの手、柔らかくて冷たくて……不思議な感覚だな）

疲れた身体が根本から癒されていくのがわかる。

だがしかし、状況はすぐに一変することになる。

「まおう様……もっと効率的にマッサージする方法を思いついた」

などと言ってくるブラン。

効率的なのはいいことだ――ジークもかなり好きな言葉だ。

と、ジークが考えていると、なにやらごそごそ聞こえてくる音。

いったいブランは何を……と考えたその時。
ブランがジークの背中の上でうつ伏せに寝そべってきた。
しかも、彼女はそのままジークの背に美乳を擦り付けてきたのだ。

(!?)
ジークが言葉を出すより早く、ブランの効率的マッサージは続く。
「ん……まおう様、どう?」
と、平然とした様子のブラン。
しかし、ジークは平然としていられるわけがない。
(これ……ブランこれ……服着てないよな!? もしくは、はだけさせてるよな!?)
気のせいだと思いたいが、なんだか温いのだ――服を通さない人肌を感じる。
しかも。
柔らかで、自在に形を変える二つの果実。
その先端にある硬い突起が、ジークの背中をこするのだ。

いったい、ジークは今何をされて——これは本当にマッサージなのか。

一つわかるのは、ブランは止まらないということだけだ。

「ま、おう様……なんだか、身体、変……」

と、身体を揺らしながら言ってくるブラン。

彼女は徐々にその速度を速めながら、ジークへと続けてくる。

「あ、つい……ブラン、なんだか熱い……まおう様、まおうさまぁ」

「は⁉　ちょっ、えっと——」

「んっ……なんか、くる……大きくて、怖いのが……」

ブランはそれでも止まらない。

彼女はまるで何かを求めるように、ひたすらジークへサクランボを擦り付け続け——。

「っ——だめ、まおう様……ブラン、もう————っ！」

ブランの華奢な身体がピクピクと跳ね、震える。

同時、カプリ……と、ジークの肩に噛みついてくるブラン。

彼女はそのままふるふると震え続けている。

「…………」

これはいったいどうすればいいのか。

と、ジークがブランにかけるべき言葉に迷っていると。

「まおう様……すき」

ジークの肩から口を離したブラン。

彼女はジークをきゅっと抱きしめながら、言葉を続けてくる。

「すき、すき好き……まおう様、すき……すき、すき……すき好きすきすき、まおう様すき」

「お、おおぅ……」

「すき、まおう様すき……すき、すき……」

言って、ブランは両足をもジークに絡めてくるのだった。

さて、時はあれから数分後、現在。

ジークはブランと共に、風呂場へとやってきていた——もちろん、両者共に全裸だ。

ここにやってきた理由は簡単。

「なんだか汗かいた……まおう様もきっと汗かいてる。せっかくだから、ブランがまおう様を洗う」

ブラン曰く、とのことだ。

ジークはそんな彼女へと言う。

「いや、ブランも疲れてるだろうから、もういい。さっきはお前もなんというか――」

「ん……さっきのは初体験の感覚。ほわほわしてきたと思ったら、急に体がびくってなって……とっても気持ちよかった」

「…………」

「あの一瞬……ブランの中が全部、まおう様で満たされた気がした……ん、とっても幸せ」

と、ブランはお臍の下あたりをなでなでしている。

そんな彼女の顔は、なんとも優し気だ。

だがしかし。

（本当に嬉しそうだからといって、ブランにこのまま続けさせていいのか？）

ブランはきっと、本当は疲れている。

それになにより、ブランの体形でこういう事をされると、背徳感が半端な――。

「ん……さっそく洗う」

と、ジークの思考を断ち切る様に聞こえてくるブランの声。

彼女は「んしょ」と踏み台に乗り、ジークと身長を合わせて来ると、再び言ってくる。

「まずはここから洗う……」

そしてその瞬間、事件が起きた。


ブランの柔らかくも冷やっとする太もも。

その間に挟まれるのは、ジークの王子様こと王子砲。

さらに、王子砲の上部には、ブランの大事な部分がこすこすされている。


そう、これこそは素ま――。

「いや、だからなにやってんのお前!?」

「アイリスが言ってた……男の人が、一番大事にしてるのはここ……こうやって洗ってあげると、男の人は喜ぶ」

「また……あいつか」

どうやらアイリスとは、後で話し合う必要があるに違いない。

と、ジークがそんな事を考えていると。

「じゃあ、動く……ブラン頑張る」

ブランがこすこすをより強めてくる。

むちむち柔らかく、冷やっこい彼女の太もも。

そこに入ったり、出たりを繰り返す王子砲。

それはとても苦しくも、とても気持ちのいい体験。

さらに先ほども言った通り、王子砲の上部にはブランの大事な場所が当たっているのだ。

ブランがする前後運動の度、王子砲が濡れ始めたそこに入りそうになる危うい感覚。

なんともどかしいそれすらも、ジークを悩ませる。

と、その時。

「ん……なんだか、変っ……ブランのお股、きゅんって……」

そんな事を言ってくるブラン。

その癖、彼女は王子砲をこすこすする速度を速め、言葉を続けてくる。

「ど、どうしよ……ま、まおう様……ブラン、またふわって――」

ブランの頬はどんどん上気していく。

それに従って、彼女はジークをより強く抱きしめてくる。

「んっ……たす、けて……ブラン、ブランなんだか……おかしく……怖、いっ」

と、そんなことを言ってくるブラン。

そんなに恐ろしいならば、動きを止めればいい。

けれど、ブランは決して動きを止めない。

それどころか――。

「はっ……んっ！　まお、様……ブラン、ブランなん、だか……っ！」

と、蕩け切った表情のブラン。

彼女は普段の整った顔と百八十度違う表情――とてもだらしのない表情で、続けてくる。

「すき……ブラン、魔王様のことすき……すき、まおう様がす、きっ」

と、一心不乱に王子砲をこすってくるブラン。

それと同時、ブランの大事な場所から溢れだす愛らしい蜜。

伴って、風呂場に響くクチュクチュという淫らな水音。

それらが限界まで高まったその時――。

「ブラ、ン……もうむ、り！　ま、まおう様……ブラン、ブランもう我慢できな――っ！」

と、ぴくんぴくん跳ねるのは、ブランの身体だ。

彼女の大事な場所からは、それに合わせてより多くの蜜が溢れだしてくる。

さらに同時、ジークの王子砲からも白濁光線が解き放たれる。

それはブランの白く美しい太ももを、白濁とした色に染めていくのだった。

なお、それから数分後、
結局、ジークが意識のないブランを洗い、風呂場も丁寧に掃除する。
などという、そもそもどうしてブランが来たのか、わからない事態が発生したのだった。

第九章　魔王は正々堂々戦いを挑む

翌日、時刻は早朝。

場所は件の民家――ジークに割り当てられた寝室。

ジークは今日も朝日に顔を照らされて、ゆっくりと目を覚ますのだが。

「だから……どうしてこうなるんだ」

真っ先に感じられるのは、背中のブランだ。

彼女がジークの部屋にいる理由はわかる。

昨夜ジークは、疲れて寝てしまったブランを起こすのが、可哀想だと感じた。

そんなジークはブランを自身のベッドに運んだのだ。

ようするに、仕方がないからそのまま一緒に寝た。

結果として現在、ブランはきゅっとジークを抱きしめながらスースー寝ている。

なので、これはいい――背中に乗っている理由は不明だがまぁいい。

ブランが身をよじる度に、サクランボがジークの背を刺激するが、まぁまぁこれもいい。

魔王たるもの我慢が大事、魔王は慌てないのだ。

問題はここからだ。

ジークは顔を左右にやって、もう一度状況を確認する。

すると見えてくるのは――。

「魔王様……アイリスはいつでも……魔王様を孕ませる準備、できてます……むにゃ」

「ジークくん……ダメ、だよ……んっ、みんな見てるよ……」

そんな寝言を言いながら、身をよじるのは裸のアイリスとユウナだ。

彼女達はジークの両腕に、それぞれ絡みつくように腕をとおしている。

さらにさらに、彼女達はその豊満な胸をジークに押し付けているのだ。

「あんっ……魔王様ぁ」

「ジーク、くんっ……」

と、言ってくるアイリスとユウナ。

彼女達はどんな夢を見ているのか、身体をもじもじと揺らしてくる。

その度に、彼女達のお胸がジークの腕を攻めてくる。

乙女の清らかな汗に濡れたそれが、淫らに形を変えてくる。

ジークに彼女達の体温を練り込むかのように、何度も擦りつけられてくる。

（ダメだ……なんだかクラクラしてきた、早く脱出しないとまずいな）

と、ジークがそんなことを考えている。

カプっと、肩に何かが歯を立てる感覚がする。

続いて聞こえてくるのは――。

「すき……まおう様……ブラン、まおう様のこと、すき……んぅ」

昨夜から引き続き、大好きコールをしているブラン（寝言モード）だ。

彼女にはどうやら噛み癖があるようで、夜中も時折この状態になった。

（やっていること自体は子犬みたいで、すごく可愛らしいんだが……この状況だと、笑っていられないんだよな）

せめて服を着てくれとしか言えない。

もちろん、ブランだけでなくユウナとアイリスにも、それは言えるが。

（ひょっとして、これから毎日こういう状況になったりしないよな）

地味にありそうで怖い。

今後、もし他の女性の宿魔人の仲間が増えたとする。

その度に、このプチハーレムみたいなものが増えていくとしたら。

「…………」

笑えない――いつか、ベッドが重さで壊れるのではないだろうか。

などなど、ジークが来るかもしれない未来に身体を震わせていると。

「んぅ……朝？」

聞こえてくるブランの声。

どうやら、ジークが身体を動かしたせいで、起こしてしまったに違いない。

故にジークはそんなブランへと言う。

「すまん、起こしたか？」

「ん……でもいい。まおう様の背中が温かくて……よく眠れたから」

と、ジークの背中に頬をこすこすしてくるブラン。

まるで小動物が必死にマーキングしているようで、本当に可愛らしい。

と、ここでジークはとあることを思い出す。

それは昨夜色々あったせいで、ブランに聞けなかったことだ。

「確認なんだけど、ブランって竜化できたりするのか？」

「……竜化？」

と、ひょこりと首を傾げるブラン。

ジークはそんな彼女へと言葉を続ける。

「宿魔人を覚醒させれば、かつての力と記憶を取り戻す……っていうのはわかるよな？」

「ん……ブラン、まおう様のおかげで昔に戻れた」

「ブランは竜姫として、竜族を統べていただろ？」

「照れる……」

と、言ってくるブラン。

ジークの位置からでは、彼女の顔はよく見えない。

しかし、きっと無表情で頬を染めるという、器用なことをしているに違いない。

ジークはそんな彼女を想像しながら、ブランへとさらに言う。

「簡単に言うと、ブランがかつての力――竜としての能力を取り戻すのって、人間の身体のままじゃ不可能なところがあるよな？」

「……？」

「例えば、飛んだり口から氷のブレスを出したり」

「そういえば……魔法使えるけど、ブレスはでない……羽もないから、飛べない」

「だからブランはさ、その気になれば竜に変身できるんじゃないか？」

「……？　……？？」

首を傾げ続けるブラン。

どうやら彼女はうまく理解できていないに違いない。

「何て言えばいいのか……つまり、ブランが『過去の力の全て』を再現するためには、その身体以外の身体が必要なんだ」

だからこその変身能力。

こういうのもアレだが、ジークの覚醒は絶対だ。

ブランが記憶を取り戻した以上、宿魔人に眠る『魔』に干渉できたのは確か。

ならば、確実に『過去の力の全て』を取り戻している。

絶対というのはそういうことだ。

魔力や魔法だけではない――竜としての力も取り戻さないとおかしいのだ。

「どう考えても、ブランは竜の姿に変身できる――俺がもう一度、ブランに力を送ってみよう。それがきっかけになるはずだ」

「ブラン……難しいことはよくわからない」

と、言ってくるブラン。

彼女はジークをきゅっとしながら、言葉を続けてくるのだった。

「でも、まおう様が言うならきっとそう……ブラン、やってみる」

そうして時刻は昼。

場所は――。

「すごい、すごいよジークくん！　地面があんなに遠く――下に見える！」

「さすが魔王様ですね！　まさかブランに、竜化能力まで付与していたなんて！」

と、聞こえてくるユウナとアイリスの声。

ジークはそんなアイリスへと言う。

「俺は能力を付与したわけじゃない。ブランの力を引き出しただけだ。これは宿魔人としてのあいつが持つ、本当の能力ってわけだよ」

さて、件のブランが見えない理由だが、それは簡単だ。

説明をわかりやすくするため話を戻すが、現在の時刻は昼。

場所は白竜ホワイト・ルナフェルトと化した、ブランの背中の上だ。

ようするに、ジーク達の足場こそがブランなのだ。

（にしてもブラン、しょっぱなから竜化できるとは思わなかったな）

ブランは闇の紋章との結びつきが深く、普通の宿魔人より強力な個体だ。

さらには本人の才能も豊か……だからこその、しょっぱな竜化に違いない。

（でも、ブランのおかげで今日の予定がだいぶ短縮できる）

ジークとしては、ブランに感謝しかない。

本当にいい仲間をもったものだ。

「ジークくん、あれ！　見えて来たよ！」

と、言ってくるのはユウナだ。

ジークがそんな彼女が指さす先を目で追うと、そこにあったのは――。

これまで立ち寄った村とは違い、とてもきらびやかな街。

なかでも、エミールの本拠地であるギルドは凄まじい――巨大な門、遠目に見える武装。

まるで小さな城……要塞とも言える。

（いったい何と戦うつもりやら。あそこに金を使うなら、街の淀んだ空気をなんとかする

方が、まだ有意義だろ……住民から生気をまるで感じない）

なんにせよ、ここがルコッテ——エミールが支配する街だ。

そして、ジークの本日の予定の実行地でもある。

（ん？　この街から感じる魔力……これはまさか）

と、ジークはここでとあることに気がつく。

けれどまぁ、別に仲間に言う程の問題でもないに違いない。

さてさて、遅れたが……ジークの本日の予定とはもちろん。

「それじゃあ朝説明した通り、これから俺達でエミールと、冒険者ギルドルコッテ支部を潰す。まずは——」

と、ジークが言いかけたその時。

ジーク達の前方から、先の要塞による砲撃が。

下方向からは、弓の形をした炎や雷の玉が飛んでくる。

竜化しているブランは、これら全てを器用に躱していく。

もっとも、仮に命中してもブランならばダメージは受けないに違いないが。

（にしても、後者は攻撃魔法か……たしか、方向はメインストリートの方だったな）

と、ジークはそちらに視線を向ける。

するとそこには——。

「うっわ、千人くらい居るじゃないですか⁉　まるで人がゴミのようですね！　っていうか、あのエミールとかいうやつ——魔王様にメチャクチャびびってますね！」

と、そんなアイリスの言う通り。

ジークの視線の先には、大量の冒険者達。

その全員が完全武装しているのが見て取れる。

「ジークくん、あれどうするの？」

と、言ってくるのはユウナだ。

彼女は不安そうな様子で、ジークへと言葉を続けてくる。

「なんだか、戦争でも始めそうな装備だけど……」

「あぁ、そうだな。たしかにあの装備なら、これから戦争に行くって言っても不自然じゃない」

しかし、ジークにとってはあれでもまだ不足だ。

そもそも、人数が決定的に足りていない。

と、ジークはそんなことを考える。

その後、彼はアイリスへと言う。

「ブランが警戒してくれてるから、大丈夫だとは思うが――」

「ユウナの護衛ですね⁉　も～、仕方ないですね！　魔王様のためなら、なんでもやってあげますとも！　……で、行くんですね？」

「あぁ。俺がやるのが一番早い――要塞の方は、エミールがビビッて引きこもらない程度に相手しといてくれ」

「え、ジークくん⁉」

と、聞こえてくるのは、やや慌てた様子のユウナ。

けれど、きっとアイリスが説明してくれるに違いない。

ジークはそんな事を考えた後――。

ブランの背からメインストリートめがけ、飛び降りた。

凄まじい風切り音。

どんどん迫って来る地面。

そして、ジークがメインストリートに着地した瞬間。

「っ――なんだ⁉　地面が爆発したぞ⁉」

「空から何か降ってきやがった！　あいつらの魔法か⁉」
と、聞こえてくるのは冒険者達の声。
その声は、巻き上がった砂埃の向こうから聞こえてくる。
「邪魔だな」
と、ジークはやや強めに腕を振るう。
すると、砂埃は瞬く間に晴れていく。
当然、後に残ったのは亀裂が入り、クレーター上に割れた地面と——。
「ま、魔王だ……攻撃しろ——全員攻撃だぁあああああああああああああっ！」
と、ジークから距離を取りながら言ってくる冒険者。
同時、ジークへ降り注ぐのは千人の冒険者による魔法。
これだけの魔法の直撃を受ければ、アイリスですら大ダメージを受けるに違いない。
規模で喩えるのなら、街一つ半壊させかねない威力だ。
（全く……自分達の街への被害を考えてないのか？）
もしくは、エミールにそう命令されているのか。
いずれにしろ、愚かなことには変わりない。
ジークはそう考えながら、飛んでくる魔法の群れへと手を翳す。

そして、力を込めて何もない空間を握りつぶす。
すると――。

空を覆い尽くしていた千を超える魔法。

その全てが、一瞬で消えた。


「ば、バカな⁉」

「いったい何が起きた！　俺達の魔法が不発したのか⁉」

と、聞こえてくる冒険者達の戸惑いの声。

この程度のこともわからないとは、現代の人間は本当に弱々しい。

ジークはうんざりしながら、彼等へと言う。

「お前達の魔法に介入し、遠隔操作で自壊させただけだ」

「そ、そんなことが――」

「できるんだよ、俺にはな。ついでに言うなら、お前達レベルの魔法――俺がその気になれば、放つ間際に暴走させることすらできる」

もっとも、この人数だ。

それをすれば街が吹っ飛んでしまうに違いないが。

「さて、次は俺の番でいいな？　上で仲間を待たせてる……少し本気で行くぞ」

と、ジークは《隷属の剣》に軽く闇魔法を纏わせる。

そしてそのまま、それに力を込めて振り抜く。

直後――。

メインストリートを奔ったのは、幾本もの黒い刃。

それらは凄まじい速度と射程で、冒険者達を次々に切り裂いていく。

「終わり、か……やっぱり弱いな、この時代の人間は」

と、ジークは振りぬいた剣を鞘へと納める。

そんな彼の前には、千人以上の冒険者が倒れていたのだった。

そして現在。

時はジークが、メインストリートの冒険者を全滅させてから数分後。

「改めてみると、本当に下品な装飾のギルドだな」

ジーク達は冒険者ギルドルコッテ支部の前に立っていた。

なお、ブランは巨大すぎたため、人間状態に戻っている。

そして、そんなブランはジークの袖をくいくいしながら――。

「なんだか、みんな見てる……照れる」

と、そんな彼女の言う通り。

民家の中――カーテンの隙間から、無数の視線がブランを見ているのだ。

（俺が冒険者と戦った時も、ある程度の人の視線は感じたけど……桁違いだなこれは）

もっとも、理由はなんとなくわかる。

と、ジークはそんな事を考えたのち、ブランへと言う。

「まぁ、そりゃあ空から巨大な白竜が降りてきて、いきなり人間になったらビックリするよな。おまけに、ブランは俺が戦っている間、要塞とも戦ってくれたわけだし」

「ん……ブラン、悪いことしてない？」

「大丈夫だ。たったそれだけで悪いことしてる判定なら、このギルドの長は生きてる価値もないくらい悪人ってことになるから」

と、ジークは改めて冒険者ギルドルコッテ支部を見る。

すると見えてくるのは、至るところに金と宝石のついた装飾過多な建物。

太陽の光でキラキラ光っているのが、むしろシュールに見える。

(それに比べて、なんだこの格差は……)

ジークが眼をやったのは、窓から顔を出している一般の人々だ。

彼等の顔はやつれ、着ている服もボロボロ。

上空から見た限り、その住居はきらびやかにもかかわらずだ。

(五百年前なら、冒険者ギルドがある街は栄えていて、人々にも活気があった……でもまあ、仕方のないことか)

なんせ、今の時代の冒険者ギルドは盗賊ギルド。

そんなものが街にあれば、実質盗賊団に支配されているのと変わらない。

(たしかエミールの奴は街の建物にだけは、金を援助してたよな。他の街から来る旅人とかに、ルコッテが綺麗だって見せつけたいから)

まるで超高級な虫かごだけ買って、中に住む昆虫の世話は放棄する飼い主のようだ。

その結果、中に住む昆虫はどんどん衰弱していく。

(いや、それすらも違うか……エミールはどちらかというと、中の昆虫をイジメてる)

なんにせよ、悪辣極まりない。

と、ジークがそんなことを考えたその時。

「なんだこの騒ぎは！　まだあいつらを倒せていないのか⁉」


言って、ギルドの中から登場するエミール。

そして、百に近い人数の冒険者達。

けれど、そんなエミールの言葉はピタリと止まる。

その理由は――。

「なっ⁉　き、貴様は！　ぼ、冒険者はどうした⁉　俺様のとっておきの駒たちは⁉」

と、言ってくるエミール。

ジークはため息一つ、そんな彼へと言う。

「エミール……一つ聞きたいんだが、あの時――俺がお前を生かしてやった時、俺がお前に何て言ったか覚えていないのか？」

「だ、黙れ！　かつて勇者にやられた、負け犬の分際で俺様にそんな口をきくな！　そ、それに俺様は、そんなことなど一々覚えていない！」

「俺は『俺達にかかわるな』って言ったんだ。にもかかわらず、お前は俺達に盗賊を放ったな？」

「おい、貴様！　ブラン！　何をしている!?　早くこいつを殺せ！」

「悪行もやめずに、人々を苦しめてばかり。それは今も変わってないみたいだな。街の人の反応を見ればわかる――みんなお前を怖がってるみたいだからな」

「おい、ブラン！　返事をしろ、そいつを殺せと言っている！　この俺様の命令が聞けないのか！　俺様はエミール・ザ・ブレイブ七世様だぞ！」

「………………」

ダメだ、こいつ。

まったく会話が成立しない。

さらに当のブランが無視を決め込んでいるため、完全に話が停滞している。

もうこれ以上、エミールと話すのは時間の無駄に違いない。

「エミール。そっちょくに言うと、俺はもうお前はいらないと思っている。お前が居ると、ミアの名がどんどん汚れて――」

「さっきからべちゃくちゃと、黙れこの下郎が！」

と、ようやく反応を示すエミール。

彼はイライラとした様子で、ジークへと言ってくる。

「何様だ貴様は⁉　イチイチ俺様に文句言ってきやがって！　貴様の親父――ロイもムカつくやつだったよ！　まぁ、あいつはこの俺様が黙らせてやったんだがな！」

「……なに？」

「く、くはははは っ！　やはり知らなかったか！　そうだよな、知っていたら俺様の下で働くわけがないだろうしな！」

「……………」

「教えてやるよ！　貴様の親父は、この俺様が殺してやったんだよ！　人々のためとか、ギルドを通さずに無償で仕事しやがって！　邪魔だったんだよあいつは！　だから、罠に嵌めて殺した！　間抜けな最期だったよ、まったく！」

「……………」

「貴様にももううんざりだ！　殺してやるよ、今日ここで殺してやるよ！」

エミールは未だ何か吠えているが、ジークの耳には入ってこない。

ジークの父――アルの父であるロイがエミールに殺された。

その事実はどうにもジークの心を揺さぶる。

まるで鈍器で頭を叩かれたかのように、ぐわんぐわんと景色が歪む。

（こんな奴に……こんな奴なんかに、父さんが？）

ありえない。

ロイは多くの人を救える人間だった。

そんな人がこんなクズに殺されていいわけ――。

「卑怯者（ひきょうもの）！」

と、響くのはユウナの声だ。

彼女（かのじょ）は一歩前に出ると、エミールへと言葉を続ける。

「あなたはいつもそう、強い人とはまともに戦おうとしない。罠に嵌めたり、人をけしかけたり……だけど、力がない人には高圧的な態度でいたぶって！」

「な、なんだと、貴様ぁ！」

「ジークくんが言っていることがハッキリわかるよ！　あなたは勇者に相応（ふさわ）しくなんかない！　盗賊がいいところ！　あなたが勇者を名乗るくらいなら、あたしが――」

「このっ――淫乱（いんらん）の分際で!!」

「エミール、お前はっ――――！」

と、ジークはエミールへと言葉を発しようとする。

理由は簡単。

こんな奴がユウナを侮辱していいわけがないからだ。

だがしかし、ジークがそんな言葉を言い切るより先。

「死ね、俺様に意見する淫乱は死んでしまえ!!」

と、エミールはユウナに杖を向け、魔法を放ってくる。

それは普段のジークならば簡単に防げた。

けれど。

（しまっ――――!）

ロイのことで思っていた以上に心が揺れていたからに違いない。

ジークの反応は圧倒的に遅れた。

さらに、エミールの魔法発動速度が何故か以前より数倍速かったのだ。

間に合わない。

このままでは、エミールの魔法はユウナに直撃する。

それでも、ジークがユウナ目がけて走ろうとした……その時。

ユウナを守る様に、彼女の前に氷塊が出現する。

エミールが放った魔法は、その氷塊に直撃——相殺されてしまう。

「いい人間は……ブランが守る」

魔法を使ってユウナを守ってくれたのは、ブランだ。

彼女はエミールを睨みながら、彼へと言葉を続ける。

「ユウナはいい人間……それにブランの仲間。だから、ユウナは守る……ブランが絶対に」

「こ、この役立たずが！　子供だった貴様を拾ってやった恩を、仕事をやった恩を忘れたか！　生きるために、金のためになんでもするのではなかったのか⁉」

「ん……忘れた」

「っ！」

と、なにやら顔面をピクピクさせているエミール。

彼はジーク達を指さしながら、冒険者達へと言う。

「おい貴様等！　あいつらを殺せ！　ユウナとブランは出来るだけ、生かして捕えろ！　女に生まれたことを後悔させてやる！」

同時、ジーク達に向かってくるのは冒険者の大群だ。

ジークは仕方なく、剣を抜こうとするのだが。

「あはははっ！　ちょっとちょっと、私のことは生け捕りにしないんですか⁉　どう考えても、この中で一番可愛らしいのは、アイリスちゃんでしょうが！」

そう言って、一歩前に出るのはアイリスだ。

彼女が冒険者達に向けてウインクした途端、それは起きた。

向かってきていた百に近い冒険者。

その全員が、糸が切れたかの様に、いきなりその場に倒れたのだ。

「上位精神操作魔法《エクス・スリープ》！　とびっきり強めにかけてあげたんで、死ぬまで起きませんよ！　ご愁傷さまです♪」

言って、尻尾をふりふりしているアイリス。

ユウナにもブランにも、そしてアイリスにも……ジークは本当に申し訳なくなった。

魔王たるものが、一瞬とはいえエミール如きに隙をさらしてしまったことが。

（俺は魔王……ミアのためにもエミールを倒す。だけど、今回だけは――）

ジークはロイの顔を一度だけ思い浮かべたその時。

「ジークくん、エミールが！」

と、聞こえてくるユウナの声。
ジークは彼女が指さす方へと、視線をむける。
するとそこにあったのは――。
(エミールのやつ……あいつ、嘘だろ)
全力といった様子で、ギルドから逃走するエミールの姿だった。
部下に戦わせておいて、自分は逃げる。
いくらなんでも情けなさすぎる――さすがのジークも想定外の事態だ。
だが、逃がしはしない。
(もしも、魔王から逃げきれると思っているなら、それは大きな間違いだ)
ジークから逃げようとして、それが成功するのはきっと勇者ミアくらいだ。
もっとも、ミアは逃げることなど、絶対にしないに違いない。
と、ジークはそんなことを考えた後。
「ユウナ、アイリス、ブラン！　ここであいつを逃がすわけにはいかない！」
言って、エミールのあとを追いかけるのだった。
…………。
…………。

……………………。

結論から言おう。

エミールにはすぐに追いついた。

そして、所詮はエミールというべきか、下が下なら上も上というべきか。

「それ以上、この俺様に近寄るな！　この卑怯者共め！　もしもそれ以上近づけば、このガキを殺すぞ！」

と、子供の頭に手を翳し、魔法を放つ準備をしているエミール。

奴はやっぱりクズだった。

そんなクズは、ジークへと言葉を続けてくる。

「いいか⁉　ガキの頭を吹っ飛ばされたくなければ、俺様のいう事に従え！」

「お前のいうこと？　まさか逃がせとでも？　残念ながらそれは――」

「バカが！　俺様が貴様から逃げる⁉　所詮は低能だなぁ！　俺様の要求は一つだ……ジーク、この俺様と一対一で戦え」

「……は？」

予想外の提案すぎる。

追い詰められすぎて、きっとエミールは頭がおかしくなったに違いない。

と、ジークがそんな事を考えていると。

「いいか、貴様！　この卑怯者め！　貴様には仲間がいる……なのに俺様にはいない！

これは数の暴力だ！　恥を知れ！」

と、イライラした様子のエミール。

どう考えても、彼の言葉はブーメランだ。

なんせ、最初に数の暴力を仕掛けて来たのは、確実にエミールなのだから。

（まぁ、だいたい一撃で倒したけど）

とにかく、それはおいておくとして。

実際、ここでエミールの提案に乗るのはジークにとっても都合がいい。

なぜならば。

（エミールとは、二人きりで話したいこともある。それにどうせ倒すなら、絶望的な力の差をわからせてやりたいからな）

特に後者にかんしては、こちらに仲間が居ては言い訳される要素を残してしまう。

それになにより、相手はこの卑怯者。

こんな奴相手に、仲間全員で出張ってはさすがにアホらしい。

「はぁ……」

「ぷぎゅ────っ⁉」

と、妙な声を出すエミール。

その理由は簡単。

ジークが瞬時にエミールとの距離を詰め、彼の顔面を手で掴んだのだ。

同時、ジークはもう片方の手で、人質を解放する。

すると。

「いい人間は……ブランが守る」

言って、たたっと走り、誰より早く子供を保護するブラン。

彼女は子供をユウナ達の方へ連れて行くと、頭をなでなでし始める。

(ブランも昔と比べて、ずいぶんと丸くなったな。いずれにしろ、今のブランなら何の心配もいらないか)

と、ジークが考えている間にも、ジタバタしまくっているエミール。

ジークは再びため息ついたのち、ユウナ達へと言うのだった。

「俺はエミールとケリを付けてくる。その子の事と、街の住民の事は任せた」

第十章　世界に災いをもたらす者

時はあれからすぐ。

場所はルコッテにある高台公園。

「ぐべっ」

と、聞こえてくるのはエミールの声だ。

彼がそんなカエルのような声を出した理由は、とても簡単だ。

「貴様！　俺様の顔を掴んで運んだあげく、地面に放り捨てるとは何事か！」

と、言ってくるエミール。

ジークはそんな彼へと、ため息交じりに言う。

「嘘か本当かは知らないが、俺の父さんに手を下した奴に……俺の忠告を無視して、汚い行いを続ける奴に、どうして容赦する必要があるんだ？」

「バカか貴様は⁉　俺様はエミール・ザ・ブレイブ七世様だぞ！」

「だから？」

「勇者ミア・シルヴァリアの末裔、至高にして最強の存在！」

「だからなんだよ……結論から言えよ、エミール」

「俺様は偉いんだよ！　偉かったら、どんなことをしても許されるんだ！」

と、立ち上がりながら言ってくるエミール。

やはり、エミールに反省の色は見られない。

もっとも、今更反省していると言われたところで、許す気は毛頭ないが。

「エミール。お前を消す前にいくつか聞きたいことがある」

「俺様を消す？　バカか貴様は！」

と、ケラケラ笑っているエミール。

どうやら本気で一対一なら負けないと思っているに違いない。

謎の自信だ。

ジークはそんなエミールの笑いを無視して、彼へと言葉を続ける。

「お前は真の勇者について知っているか？　光の紋章と、勇者の試練について、他の勇者の家系からなにか聞かされているか？」

「光の紋章？　勇者の試練？　それに真の勇者だと？　まさか貴様、そんなおとぎ話を信じているのか？」

「…………」

「それよりも貴様、この俺様に集中したらどうだ？」

「忠告感謝する。だけど、お前程度にいちいち集中する必要は――」

「くははは！　そう言っていられるのも、今の内なんだよ！」

と言って、突如エミールは杖を振りかざしてくる。

直後、彼の杖から放たれたのは上位光魔法。

しかし、それは以前見た時とはまるで異なっていた。

当たればどんな物でも消滅させかねない魔力。

常人には目視すら不可能に違いない速度。

魔法のレベルのみで言うならば、ジークの本気と遜色ない。

そんなエミールの魔法は――。

「ちっ！　外したか！」

と、言ってくるのはエミールだ。

彼はニヤニヤと笑いながら、ジークへと続けてくる。

「どうだ今の魔法は？　速すぎて避けることも出来なかっただろう？　だが、速さだけではないぞ……くく、後ろを見てみるがいい！　なに、それくらいの時間は与えてやる」

ジークはそんな彼に従い、背後に視線を向ける。

するとそこにあったのは――。

不自然に抉れた山。

さらにその上空の雲は、吹き飛ばされたかのように掻き消えている。

「どうやら驚いて声も出ないようだな」

と、聞こえてくるエミールの声。

彼はジークへと、嬉しそうな様子で言葉を続けてくる。

「これがこの俺様――エミール・ザ・ブレイブ七世の真の力だ！　そして、こいつがこの俺様をサポートする道具」

と、エミールが見せてくるのは、先ほどから持っている杖だ。

その杖は黄金を基調とし、幾枚もの羽が生え――一見して、槍のようにも見える。

彼はそんな杖を手に、さらにジークへと続けてくる。

「貴様ならこいつが何かわかるだろう？　貴様はこいつが怖いはずだからなぁ……くっ」

（この気配……まさか《ヒヒイロカネ》で作られた武器の一つか）

五百年前、勇者ミアがジークを倒した際に使用した伝説の武器。

それを使って放つ攻撃のみが、魔王の絶対防御壁を崩すことが出来る。

（なるほど。これでさっきから、エミールの上位魔法の速度と威力が上がっているのも納得がいった）

この《ヒヒイロカネ》で作られた伝説の武器には、対魔王以外にも効果があるのだ。

それは持ち主の魔力や身体能力を、極限まで強化するというもの。

中でも、元から才能ある者が用いた時の上がり幅は特に凄まじい。

具体的に言うならば——単純なパワーだけで言うならば、ジークにも匹敵しかねない。

ミアが使った時に至っては、完全にジークを上回るほどだった。

「ジークぅ！　ビビッて声も出ないか⁉　だがなぁ、貴様がビビって小便ちびるのは、これからなんだよぉ！」

と、ジークの考えを断ち切る様に聞こえてくるエミールの声。

同時、次々と飛んでくるエミールの魔法。

放たれたそれらはすべて、当然のように上位魔法。

エミールはこの時代の人間にしては珍しく、元から一人で上位魔法を撃てていた。

そこに《ヒヒイロカネ》の力が加わった結果がこれだ。

ここまでの威力の上位魔法を連射されれば、ブランやアイリスでさえも確実にやられる。

と、ジークは鞘から《隷属の剣》を抜く。

そして、向かってくるエミールの上位魔法目がけ、剣を全力で振り下ろす。

すると――。


ジークの剣から不可視の刃が放たれる。

凄まじい速度で剣を振った結果、真空の刃が生じたのだ。


その刃は剣と同じく、凄まじい速度でエミールの上位魔法にぶつかる。

結果、見事にそれを相殺――けれど、まだまだ終わりではない。

ジークはさらに連続して、剣を振るい真空の刃を生み出す。

そんな攻防を続けること十数秒。

焦れたに違いないエミールは、ジークへと言ってくる。

「クソが！　弱いくせにいつまでも持ちこたえやがって……ウザイんだよ、そういうところが！　面倒だ！　俺様の全力で終わらせてやる！」

「お前の全力？　面白いな見せてみろ」

「強がりを言いやがって！　そう言っていられるのも、今のうちだ！」

と、エミールは散々撃っていた魔法を止め、杖を翳してくる。

そのまま彼は不敵な笑みを浮かべ、ジークへと続けてくる。

「あえて今この場で言おう……俺様は世界最強の魔法使いと称されている」

「あぁ、そうだろうな。それは認めてやるよ」

先ほども言った通り、エミールはこの時代では珍しい一人で上位魔法を撃てる人物。

さらに、彼が得意としているのは光魔法。

光魔法は極めて強力だが、反対に扱いが極めて難しいのが特徴だ。

それを《ヒヒイロカネ》の力を使っているとはいえ、ここまでの力で行使する。

最強と呼ばれていても不自然ではない。

「くく、さぁそこでだ」

と、ジークの考えを断ち切るように聞こえてくるエミールの声。

彼はなおも不敵な笑みを浮かべ、ジークへと言ってくる。

「これから俺様が放つのは伝説の魔法――そう、五百年前に勇者ミアが魔王を倒したのと、同じ魔法だ！」

「…………」

「くはっ！　声も出ないほど恐ろしいか！　いいだろう！　ならばそのまま黙って死ね！　詠唱までをも完全に再現した伝説の魔法を見せてやる！」

と、エミールは凄まじい魔力を杖に込め始める。

そして――。

「『私は世界を守る盾になろう。私は魔を斬り捨てる剣になろう。この身は私のものであって私のものではない。この身は人々のための物なのだから。故に捧げよう、私の全てを……今この瞬間、私達の敵を撃ち滅ぼすために！　この一撃で、平和を手にするために！』」

エミールが言うその言葉。

それを聞いた瞬間、ジークは頭がどうにかなりそうだった。

たしかにエミールの詠唱は、ジークが死ぬ直前に聞いた詠唱そのままだ。

けれど。

（あの詠唱はあいつの覚悟そのものだ）

今でも覚えている。

五百年前のあの時、ミアはボロボロになりながらも、ジークへ魔法を放ってきた。

それこそ、死んでも構わないというかのように。

(平和をないがしろにする奴が……他人の感情を理解しない奴が……こんなクズがしていい詠唱じゃないんだよ)

ジークが怒りで震えている間にも、エミールは魔力を溜めている。

そしてついに。

「くっ！　ビビッて震えてくれていて、ありがとうジークぅ……貴様のおかげで無事完成、これこそ俺様が放てる最強の魔法……いや、ミア・シルヴァリアが放った魔法をも超えた最強の魔法！　受けてみるがいい――」

と、言ってくるエミール。

彼は杖にもう片方の手を添え、続けてくる。

「上位光魔法《ゾディアック・レイ》！」

直後、放たれたのは極細の光。

あらゆる敵を打ち砕く決意の魔法だ。

それは一直線にジークの胸へと進んで来る。

仮に直撃すれば、さすがのジークも即死は免れない。

故にジークは剣を盾にし、すぐさま受ける。

だが――。

（っ……この魔法、相変わらずなんて威力だ！）

ジークの身体はどんどん後退していく。

《隷属の剣》もこれ以上は耐えきれず、折れてしまう可能性が高い。

けれど、ここでやられるわけにはいかないのだ。

（ミアの魔法の方が数段上だった……エミールごときが、引き合いに出していい相手じゃないんだよ――勇者ミア・シルヴァリアは！）

それを証明しなければならない。

ミアと同じ魔法を放つ、目の前の勘違い野郎を打ち倒して。

「…………」

ジークは精神を集中。

持てるすべての力を右腕に集め――。

「はぁああああああああああああああああああああああああああああっ！」

剣を全力で振り抜き、エミールの魔法を彼方へと弾き飛ばす。

すると、極細の光は遠くの山々を一文字に照らし——。

数秒遅れて大爆発が起こる。

先ほどの魔法のように抉れるどころではない。

複数の山そのものが消し飛び、完全に景色が変わってしまっている。

その熱は、離れたジークにも伝わってくるくらいだ。

(さすがに……今のは少し疲れたな)

と、ジークは《隷属の剣》を鞘へと戻す。

そして、エミールの方を睨み付けると。

「ば、ばかな……なんでだ⁉」

と、慌てまくっているエミール。

彼はそのままジークへと言ってくる。

「なんで俺様の攻撃が効かない⁉ かつて勇者は《ヒヒイロカネ》の力を使って、魔王を倒した！ 使った魔法も同じだ！ だったら、今の俺様も同じ条件が整っている——魔王

を倒せるはずじゃないのか！」

「倒す、倒せない以前に、お前の攻撃は俺に一発も届いてないわけだが？」

「っ！　くそ、くそ！　そうだ、なんで届かない！　当たれば勝てるのに！　当たれば俺様の勝ちなのに！」

なるほど。

たしかにその通りだ。

先のエミールの攻撃は、当たれば間違いなくジークの命に届いていた。

しかしと、ジークはそんなことを考えながら、エミールへと言う。

「エミール……お前に謝らないといけないことがある」

「な、なんだ⁉　それはなんだ！」

「最初の一撃で、俺が棒立ちしていたから、お前は期待したんだろ――『攻撃に反応できていないこいつになら、当てられる……当てられるのなら勝てる』って」

「じ、実際そうだろうが！　以降の魔法も、貴様は避けずになんとか剣で凌いでいた！　それが良い証拠だ！」

本当に憐れなやつだエミールは。

そして、これがミアの子孫だと思うと、改めて悲しくなる。

ジークはそんな事を考えながら、エミールへと言う。

「お前には速すぎて見えなかったみたいだけど、最初の一撃は俺が弾いたんだよ——お前が外したわけじゃない」

「……は？」

「そもそもお前の攻撃を全て躱さなかった理由——それは街に被害が出るからだ」

エミールは所かまわず高威力の魔法をぶっ放していた。

もしもジークがその全てを避けていれば、今頃この街は消し炭になっていたに違いない。

と、ジークはエミールへとさらに言葉を続ける。

「だから全て相殺したり、弾いて街の外に着弾させた」

「……あ、ありえない」

「あぁ、ありえないよ。お前の間抜けさ加減はな」

「なんで、なんでこんなに違うんだ！　俺様とミア・シルヴァリアの条件は同じだ！　俺様はミアより強い！　そ、そうだ……ミアは所詮ロートルなんだ……そんな奴にやられた魔王は雑魚のはずじゃないのか⁉」

と、頽れ、地面を叩きだすエミール。

ジークはそんな彼へと質問の答えを言う。

「名剣が二振り。片方を赤子へ、片方を名のある剣士へ。戦わせたらどちらが勝つと思う?」

「なんだそれは！　貴様は俺様をバカにしているのか⁉　そんなの――っ」

「気が付いたか？　お前が負けた理由はそういうことだよ」

ヒヒイロカネで、強引に最強クラスの力を引き出したエミール。

たしかに奴は力だけならば、ジークやミアと遜色なかった。

明暗を分けたのは、その扱い方だ。

いくら力を持っていても、使い方がまるでなっていない。

所詮、現代の勇者などこの程度なのだ。

ミアと同じ装備をしても、ジークに遠く及ばない。

けれど、ジークはエミールに本当に申し訳ないと思っているのだ。

ジークが最初に弾いたせいで、エミールは淡い希望を抱いてしまった。

これはお詫びをしなければならないに違いない。

と、ジークが考えたその時。

「く、くくく……っ」

と、ゆっくりと立ち上がるエミール。

彼は肩を震わせながら、さらに言葉を続けてくる。

「あはははははははははははははははははははっ！」

「どうしたエミール、負けが決まって気でもふれたのか？」

「黙れえぇえええええええええええええええええええええええええええ！」

と、ジーク目がけてヒヒイロカネの杖を投げてくるエミール。

ジークはそれを軽く躱し、エミールへと言う。

「自慢げだった武器はもういいのか？　あれがなければ、お前が俺に勝つ見込みは完全にゼロになると思うが」

「そうやって、大物ぶるのも今のうちだぞジーク！　どうやってそこまでの力を得たのか知らないが、貴様は所詮底辺冒険者だった男だ！　俺様の手の中で惨めに踊っているのが、貴様にはお似合いなんだよ！」

と言って、エミールは地面へと大きく足を打ち付ける。

その直後。

周囲が大きく揺れ始めたのだ。

さらにルコッテの街――その地面全体から、淡く赤い光の様なものが立ち上り始める。

「どうだジークぅ⁉　万が一……本当に万が一、俺様が貴様に負けた時のことを考えて、俺様は奥の手を残しておいたのだ！」

と、言ってくるエミール。

彼はニヤニヤと言葉を続けてくる。

「言っただろ？　俺様は最強の魔法使い！　準備さえあれば、一国すら相手どれる男！　そして今、俺様は準備を整えた！」

「回りくどいな……結論を言えよ」

「くくっ、焦っているようだな！」

と、見当はずれのことを言ってくるエミール。

そんな彼は上機嫌な様子で、ジークへ続けてくる。

「俺様はこの街の地下全域に、《ヒヒイロカネ》の力を用いた大規模魔法陣を、すでに仕掛けてあったのだ！　発動すればこの街どころか、遠くの山や川まで……あらゆるものをまとめて消滅させる規模の爆発が起きる‼」

「それで、お前自身はどうする？」

「当然、転移魔法陣も仕掛けてある……俺様だけは安全に逃げられるというわけだ！」

「住民の命は……冒険者仲間の命はいいのか？　周辺には小さな村もあるみたいだが」

「バカが！　この俺様のために死ねるんだぞ!?　むしろ光栄に決まっているだろ！」

「そう、か」

たいした勇者だ。

勇者ミアとは比べ物にならない。

ミアはどんな時でも、一般人や仲間を犠牲にするような戦いは立案しなかった。

むしろ、周りの方からミアのためにと、望んで犠牲になることが多かった。

わかりきっていたことだが、エミールは論外だ。

「どうした、もうすぐ街と共に吹き飛ぶ恐怖で声も出ないか!?」

と、言ってくるエミール。

彼は嬉しそうに言葉を続けてくる。

「さて、ここいらで貴様との楽しい会話も終わりだ」

「……残念だよ、エミール」

「どうした!?　いまさら命乞いか？　だがもう遅い！　貴様は俺様の逆鱗に触れ過ぎた！　ここで死ね、ジーク！　俺様は魔王を倒して伝説になる!!」

と、エミールはいよいよ魔法陣を起動させようとしてくる。

けれど、その時。

バキンッ。

辺りに響き渡ったのはそんな音。

同時、揺れは治まり、立ち上っていた光も消えていく。

「な、なんだ⁉　どうして魔法陣が発動しない⁉」

と、なにやら慌てだすエミール。

彼はわたわたした様子で、言葉を続けてくる。

「俺様がミスをした⁉　バカな、ありえない！　転移魔法陣と爆発魔法陣――片方のミスでもありえないのに、二つ同時にミスをするなど絶対にない！」

「エミール」

「だ、黙れ！　くそ、どうして、どうしてなんだ⁉」

「おい、エミール」

「黙れと言っている！　はっ――き、貴様まさか……な、何かしたのか⁉　俺様の魔法陣に貴様が‼」

黙ればいいのか、喋(しゃべ)ればいいのか。

矛盾(むじゅん)した発言は措(お)いておくとして、エミールにしては中々いい勘(かん)をしている。

というのも。

「魔法陣なら、俺が細工した。もちろん、転移魔法陣も爆発魔法陣もな」

「う、嘘だ」

と、よろけるエミール。

彼はそのままジークへと、言葉を続けてくる。

「俺様が時間をかけて作った魔法陣だぞ⁉　ありえない……この短時間で魔法陣をどうこうできるわけがない！」

「あぁ。たしかに、お前が魔法陣の事を自慢気(じまんげ)に喋ってから対処したのでは、おそらく間に合わなかっただろうな」

「じ、じゃあどうして……どうして間に合っている⁉」

簡単だ。

その答えは子供でも真っ先に思い浮かぶ回答。

すなわち。

「この街に到着した瞬間から、俺はお前の魔法陣への介入を始めていた」

「…………」

と、呆然としているエミール。

ジークはそんな彼へと言葉を続ける。

「あんな巨大な魔法陣を張ってあったんだ。魔王である俺が見落とすとでも？　隠蔽もなにもかもがずさん……お前自身の様に、存在を主張している魔法陣だった」

気がつくに決まっている。

だから、ジークはエミールのギルドへ至る道中——戦いながら魔法陣へ細工したのだ。

エミールが魔法陣を使おうとした瞬間、それが弾け飛ぶように。

「あぁ、安心しろよエミール」

「な、にぃ？」

と、よくわからない様子のエミール。

ジークはそんな彼へと言葉を続ける。

「もし発動できていたら勝っていたのにとか、そんなことを考える必要はないってことだ」

「ど、どういうことだ⁉」

「仮にお前が魔法陣を無事に使用できたとしても、俺がその気になれば爆炎を凝縮、そのまま消し去ることも可能だってことだ。当然、転移でお前を逃がすような真似もしない」

もっともその場合、魔法陣への介入より少し疲れてしまうが。

なんにせよ、つまり。

「どう転んでもエミール。お前に勝ち目はなかったってことだ」

「うそだ……うそだ、全部嘘だ！」

と、首を振り始めるエミール。

まるで駄々っ子のようで、本当に情けない。

ジークはため息一つ、そんな彼へと言う。

「もう次の策はないんだろ？　それじゃあ最後に、本物の上位魔法を見せてやるよ」

「な、なんだと⁉」

「この時代の上位魔法にはうんざりしていたんだ……もちろん、お前の魔法にもな。周りへの影響を気にせず、全力で魔法をぶっぱなす――まったくもって芸がない。それとも、魔法の力が強すぎて、コントロールが出来なかっただけか？」

「ぐっ――」

「おいおい、図星かよ」

言って、ジークは剣を引き抜き、それをエミールへ向けて翳す。

エミールとはなんだかんだ、長い付き合いだった。

「ま、待て！　俺様を殺したら大変なことになるぞ！　俺様は勇者だ！　勇者を殺せば、全冒険者ギルドが、全世界が貴様の敵になる！」

などと、最後の最後までうっとうしい事を言ってくるエミール。

けれど、ジークはそんな彼を完全無視。

感慨深いが、これで終わりだ。

「さようなら、エミール。そして、これが本物——完全にコントロールされた上位闇魔法《ディアボロス》」

すると、エミールの背後に現れたのは巨大な門だ。

その門は徐々に開いていき——直後。

扉の内側へ向け、凄まじい勢いで吹き荒れる漆黒の風。

それは周囲にある全てを、次々に吸い込んでいく。

無論、光や音とて例外ではない。

そうして訪れたのは虚無。

光も音も存在しない闇の時間だ。

しかし、そんな時間も長くは続かない。

「閉じろ」

ジークが言うと、大きな音を立てて締まる門。

やがて、その門はゆっくりと消えていき、世界に光と音が戻ってくる。

けれど、その門が消えた周囲に残っているものは何もなかった。

空からは雲が……高台からは木々が消え失せている。

また、エミールが立っていた地面は、大きく抉り取られたかの様になっている。

「あらゆる物を飲みこむ闇魔法の神髄——本気でやるとこの大陸くらい、簡単に飲み込むから、全力で加減したが……それでもやりすぎたか」

なんにせよ、これでもうエミールと会うことは二度とない。

死後の世界があるかはわからないが、きっとロイも満足してくれたに違いない。

「父さん……か。俺の目的のついでみたいな形になったけど、仇は取った——そう言ってもいいのかな」

ジークはそんなことを誰にともなく言った後、一人歩き出すのだった。

高台として原形をとどめないほど荒れ果てた地を後にし、仲間達が待つ場所を目指して。

エピローグ　魔王は勇者を許さない

時はジークとエミールの戦いから数十分後。

場所は冒険者ギルド。

「まだ、完全に魔法が解けてないから、無理して動かないでね？」

と、聞こえてくるのはユウナの声だ。

そして、そんな彼女にかかる声と言えば。

「うぅ、すまねぇ……すまねぇ」

「俺達はさっき、あんたを殺そうとしたのに……どうしてこんな親切にしてくれるんだ」

「ユウナ……その、すまなかった。今まで本当にすまなかった」

冒険者達の謝罪の声だ。

当のユウナは、そんな冒険者達へと言う。

「このギルドの人は、全員が悪い人じゃないって、あたし知ってるから。でも、エミールさんと一緒に悪さしていた人は、これを機に改心してくれると……うん、あたしすごく嬉しいよ！」

「せ、聖女だ……」

「俺、改心するよ！　いつか俺も、あんたみたいに人助けしてみてぇ」

「お、俺も！　ユウナちゃんみたいな可愛い女の子から、お礼が言われてみたい！」

などなど。

ジークが柱に寄りかかりながら、そんな様子を見ていると。


「いやぁ～、魔王様！　見てくださいよ、これ！　色々もらっちゃいましたよ！」


と、言ってくるのはアイリスだ。

彼女は大量の食べ物を抱えながら、ジークへと続けてくる。

「すっごくないですか⁉　外を歩いているだけで、人間たちが『勇者を倒してくれて、ありがとう！』だの『魔王ジークにこれを』だのだの……貢物を沢山くれるんですよ！」

「……あとで返してこような」

「え～～～～！　なんでですか！　貰ったんだからいいじゃないですか！」

「いや、この街の人の生活は厳しいんだから、そういうの悪いだろ」

と、ジークはここでとあることが気になる。

故に彼はアイリスへと問いかける。

「っていうか、外ってどうなってるんだ？」

「今ですか？　もうすごいお祭り騒ぎですよ！　みんな魔王様のことを、神様みたいに褒めたたえてますよ！」

「…………」

勇者が魔王にやられて喜ぶとは、なんともな世の中だ。

まぁそれもこれも現在の勇者の自業自得。

と、ジークがそんなことを考えていると、再びアイリスが言ってくる。

「あ！　ちょっと魔王様！　アレいいんですか⁉　ユウナが私の魔法を解除しちゃってますよ⁉　あぁ〜あぁ〜あぁ〜……冒険者達目覚めちゃってるじゃないですか！」

「ユウナはあいつらが改心してくれるって、信じてるみたいだから別にかまわない」

「違いますよ！　改心とかそういうのじゃなくて、殺しちゃった方が楽っていう——あぁもう！　いいですよ！　ほんっと、最近の魔王様は甘いですね！」

と、ぷんぷんモードのアイリス。

しかし、彼女はすぐさま表情を一転。

持っていた荷物を下ろした後、ジークに飛びつきながら言ってくる。

「そういえば魔王様！　上位魔法を使いましたね⁉」

「あぁ、使ったけど……それが？」

「いやぁ～、さすが魔王様！　凄まじいですね！」

「そんなにか？　被害が出ないよう、かなり威力を絞(しぼ)って使ったけど」

アイリスからしてみれば、あの程度たいした威力ではないに違いない。

なのに、どうして彼女はこんなに驚いているのか。

ジークがそんなことを考えていると、彼女は言葉を続けてくる。

「それがすごいんですよ！　上位闇魔法《ディアボロス》は別名国崩しの魔法！　城も街も空間ごと飲みこむ禁忌(きんき)の魔法！　それを手加減してあれだけの規模に留(とど)めるって……くうううううううううううう、すごい！」

「威力を落とすのがか？」

ジークからしてみると、その程度は造作もないことだ。

なんなら、本を読みながらの片手間にだって余裕(よゆう)で出来る。

けれど言われてみれば、エミールは上位魔法のコントロールを出来ていなかった。

（他(ほか)の奴からすると――アイリスであっても、それはそんなに難しいことなのか？）

しかしそれでもやはり——。

「俺からすると、自分の魔法のコントロールなんて、当たり前すぎてわからないな」

「魔王様がすごいからわからんのですよ！　あの規模の魔法の出力を抑えるってことは、一般人からすれば『ドラゴンが蟻を殺さないように、足で愛撫する』くらいに難しいことですよ！」

と、いまいちわからないアイリスの喩え。

ようするに、少し加減を間違えば、この街が住民ごと消滅していたということに違いない。

「…………」

ジークは思うのだった。

（そんなに難しくて危ういことしてたのか、俺。加減を間違えるなんて絶対にない自信はあるが、これからはもっと慎重に魔法を選ぼう……五百年前の人間ならともかく、この時代の人間はあんな魔法防げなそうだし）

と、その時。

「ジークくん、戻ってきたなら教えてよ——遅れてごめんね！」

聞こえてくるユウナの声。

彼女はアイリスと反対側のジークの腕に抱き着いてくると、言葉を続け――。

「上位回復魔法《エクス・ヒール》！　上位回復魔法《エクス・キュア》！　上位回復魔法《リバース》！」

ると思いきや、いきなり回復魔法三種盛をかけられた。

ジークが頭に？マークを大量に浮かべていると、ユウナは続けて言ってくる。

「大丈夫⁉　エミールさんに怪我させられてない⁉　今ので治ったかな⁉」

「あ、あぁ……っていうか、そもそも怪我してないんだが」

「念のためだよ！」

「ね、念のため……」

「うん、念のため！」

念のためで難しい魔法を、三連続で放ってくるユウナ。

末恐ろしい子だ。

「でも、ジークくん。お父さんのこと、大丈夫……なわけないよね」

と、しゅんとした様子のユウナ。

彼女はジークへと言ってくる。

「あたしは体の傷は治せても、心の傷は治せないから……ごめんね」

「大丈夫だよ、ユウナ。俺は心に傷なんか——」

「そんなことないよ。ジークくんはとっても優しいから、お父さんが殺されたって聞かされて、傷つかないなんてありえないよ」

「でも俺は本当に——」

「お父さんが殺されて何も感じない人は、街をエミールさんから解放するために、戦ってあげたりしないよ。ジークくん、なんだかんだ悪い人にすごい怒る優しい人だもん！」

街をエミールから解放したのは、結果論の話だ。

悪人に怒るのも、そいつが鬱陶しいからだ。

別に正義感から、そうしたわけではない。

けれど。

「ジークくんがなんて言っても、あたしはわかってるからね！　ジークくんは困っている人や、苦しんでいる人を見過ごせない優しい魔王様だって！」

と、言ってくるユウナ。

不思議と、彼女の言葉を否定する気にはならない。

そんな彼女は、少し意地わるそうな顔で、ジークへ続けてくる。

「それにさっきアイリスさんとの話、聞いちゃったんだけど」

「？」

「威力の指摘されたとき、内心ジークくん街の住民の心配してたでしょ」

「うっ……」

「次からは気をつけようって、そう思ったでしょ？」

「…………」

「優しくない人は、そういうことも考えないいんだよ？」

どうして、ユウナはジークの心をこうも容易く読んでくるのか。

まさか、これこそが真の勇者の力……。

そんなことを考えたその時、外から凄まじい音と振動が伝わって来る。

きっと、竜化したブランが親エミール派の残党の処理を終えてきたに違いない。

「魔王様！　次はどこに行くんですか⁉　最初はどうなるかと思いましたけど、邪魔者をどんどん潰していくの、結構楽しいじゃないですか！」

「ジークくんと一緒に人助け、あたしはどんな場所でもついて行くよ！」

と、言ってくるアイリスとユウナ。

ジークはそんな彼女達に言う。

「真の勇者を覚醒させる試練。それについて知っている勇者、もしくは人を探す……ようするにまぁ——」

ジーク達の旅はまだまだ始まったばかり。

彼がユウナと歴史に残る試合を行うのは、ずっとずっと先の話である。

あとがき

突然ですが、私は狐娘と竜娘と狼娘、あと角娘が好きです。

また白髪、銀髪系気だるげジト目の低身長娘も大好きです。

理由は簡単――それらがとても尊く、至高の存在だからです。

まぁ、それはともかく……ここからが本題なのですが。

竜娘がでます！　この作品には白髪気だるげジト目の竜娘がでるのです！

もし、今まで竜娘に興味がなかった読者様がいたら、どうぞ――この作品で竜娘を愛でてみてください。新たな扉が開かれるはずです！

さて、ここからは真面目な話。

今作のテーマは『最強魔王VSクソ勇者』となっています。

RPGやってるときに、ふと「勇者って英雄扱いされてるけど、こいつらの子孫ってどうなるんだろ」と、思ったのがキッカケでした。

英雄の子孫がクソ人間で人類の敵、逆に魔王が人類の味方。

そんなの面白くね？　と、そんな気分で書き始めた作品だったのです。

そして、とりあえず小説家になろう様に載せてみよう……と、そこで終わりのはずだったのですが。この度、こうしてＨＪ文庫様がまたも私を拾ってくれました！

そしてそれは、応援してくれた読者の皆様のおかげでもあります！

本当にありがとうございます！　皆様に最大限の感謝を！

さて重ね重ねになりますが、最後に改めてしっかりとした謝辞を。

はじめましての方、久しぶりの方、どうも……アカバコウヨウです。

この度は、この作品を手に取ってくれて、本当にありがとうございます！

次に根気強く私に付き合ってくれた編集者様、ＨＪ文庫編集部の皆様。

この作品を世に届けるお手伝いをしてくれて、ありがとうございます！

そして、美しくも可愛らしいイラストを描いてくれたアジシオ先生。

一撃でファンになりました。ありがとうございます！

最後に、いつも私を支えてくれる家族、友達に感謝を。

それでは今回はこの辺りで——またどこかでお会いしましょう。

HJ文庫 http://www.hobbyjapan.co.jp/hjbunko/
902

常勝魔王のやりなおし1
～俺はまだ一割も本気を出していないんだが～

2020年10月1日　初版発行

著者――アカバコウヨウ

発行者―松下大介
発行所―株式会社ホビージャパン

〒151-0053
東京都渋谷区代々木2-15-8
電話　03(5304)7604（編集）
　　　03(5304)9112（営業）

印刷所――大日本印刷株式会社

装丁――Tomiki Sugimoto／株式会社エストール

ISBN978-4-7986-2323-8　C0193

ファンレター、作品のご感想お待ちしております

〒151－0053　東京都渋谷区代々木2－15－8
(株)ホビージャパン HJ文庫編集部 気付
アカバコウヨウ 先生／アジシオ 先生

アンケートはWeb上にて受け付けております

https://questant.jp/q/hjbunko

● 一部対応していない端末があります。
● サイトへのアクセスにかかる通信費はご負担ください。
● 中学生以下の方は、保護者の了承を得てからご回答ください。
● ご回答頂けた方の中から抽選で毎月10名様に、
HJ文庫オリジナルグッズをお贈りいたします。